유자효 시인이 단골로 다니는 식당에서 음식을 기다리며 선생님의 최근 작품집에서 읽은 시 한 편을 낭송하고 선생님의 시에 대한 내 감상을 말했다. 그리고 글쓰기가 선생님에게 무엇인지 여쭈었다. 유자효 시인은 방송 언론인으로 50년의 글쓰기를 했다. 글쓰기는 직업이었다. 업, 바꿔 말하면 삶이다. 생계, 내가 아는 생계란 농부가 농사를 짓듯이 어부가 물고기를 잡듯이 하는 행위이다. 이보다 더 숭고한 말이 어디 있을까? 먹고 사는 일보다 거룩한 일이 어디에 있을까? 유자효 시인이 직업으로 글을 써온 세월이 50년이라는 말을 듣고 마음이 숙연해졌다.

제37회 시의 날 기념 – 시민과 함께하는 시 낭송회 '광화문에서 시를 노래하다'
2023. 11. 1(수) 15:30–17:30 광화문 충무공 동상 옆 특설무대 / 주관 : 한국시인협회, 후원 : 서울특별시

유자효 시인은 제44대 한국시인협회장으로 2년 동안 재임했다. 임기를 마친 소감을 여쭈었더니 새 책을 출간하고 싶다고 하셨다. 한국시인협회장으로서의 바쁜 임기 중에도 새 작품집을 출간하신 걸로 아는데 협회장을 마친 후 가장 하고 싶은 일이 책 집필과 출간이라니. 유자효 시인에게 책 출간은 어떤 의미인 걸까? 평생을 글 쓰는 사람으로 살아온 유자효 시인에게 작품집 출간은 과연 무엇이었을까? 내 질문을 들으신 유자효 선생님은 연두가 순한 봄 풍경을 보시며 책 출간은 삶의 기록이었다고 담담하게 털어놓았다. 그런데 나는 선생님의 덤덤한 말투에서 오히려 치열했던 어떤 순간들을 느꼈다. 책을 열어서 한 장씩 펼치면 거기에 유자효 시인의 삶의 장면이 들어 있다. 나는 평소 가장 개인적인 이야기가 가장 역사적인 이야기라는 생각을 가지고 글을 써왔다. 유자효 선생님의 책 출간은 바로 이러한 가장 개인적인 서사들로 채워진 목록들이었다.

글이 한 권의 책이 될 분량만큼 모일 때마다 책으로 엮었다는 유자효 시인. 유자효 시인은 자신의 책은 개인 삶의 기록이면서 그 시대에 대한 정언이라고 말했다. 어지럽고 어두운 세월 동안 방송 언론인으로 또 예술인으로 목격한 장면을 기록한 서사시인 것이다.

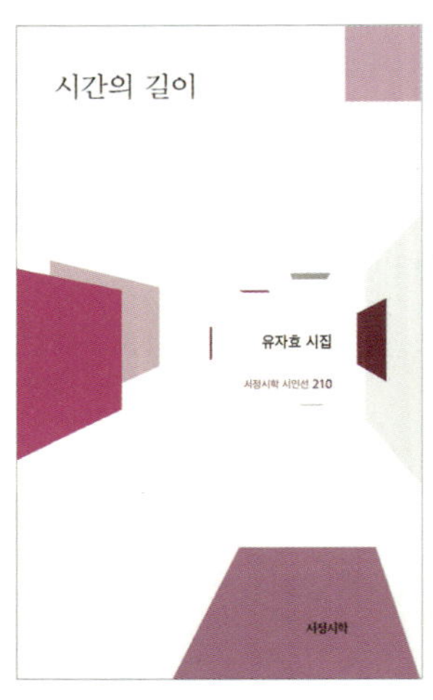

『시간의 길이』(서정시학, 2023)

『아버지의 힘』(시인생각, 2023)

『Communication intergalactique』
(프랑스어 시집, 2024)

유자효 시인은 한국시인협회 회장 재임 기간 중에 프랑스시인협회와 상호협력에 관한 협정을 맺었다. 한국시인협회에 해외협력특별위원회를 만들고 프랑스시인협회에는 한불문화교류위원회를 만들어서 문학적 교류 사업을 시작했다. 나아가 두 협회는 양국에서 각각 번역 시인선을 출간하기로 기획했다. 한국시인협회는 프랑스 시인선을 출간하고 프랑스시인협회는 한국 시인선을 출간해서 소개할 예정이다. 일회성에 그치는 행사가 아니라 지속적인 문화 사업으로 실천하기로 협약을 맺었다. 양국 시인협회의 지속적인 공동 번역 사업으로 프랑스에는 한국 현대시가 한국에는 프랑스 현대시가 널리 퍼지게 될 것으로 기대한다. 이 멋진 공동 기

2023년 3월 24일, 한국시인협회 프랑스 엑스 마르세이유 대학 시낭송회. (앞줄 왼쪽부터 드 크레센조 교수, 유자효 시인, 최동호 교수, 유성호 교수)

인터뷰를 하고 있는 유자효 시인과 유수진 시인

획을 통해 문학적으로 매우 실력 있는 시인들의 작품이 양국에서 꾸준하게 출간될 것이다. 프랑스 어느 시내 공원에서 한국 시인의 번역시집을 읽는 프랑스 시민의 모습이 떠올랐다. 그런 한편으로 서울 시내 공원의 잔디밭에 앉아 프랑스 현대시를 읽고 있는 내 모습이 그려져서 저절로 미소가 지어졌다.

유자효 시인은 한국시인협회의 해외협력특별위원회가 미국 등 다른 나라 시인협회와도 공식적인 교류를 해서 시집 번역 사업을 더 확장했으면 좋겠다는 뜻을 밝혔다. 유자효 시인의 바람대로 한국시인협회와 미국 시인협회가 문화적인 협력을 이루어내서 양국의 훌륭한 시와 시인이 널리 알려졌으면 좋겠다. 나아가 더 많은 나라의 시인협회와 번역 사업을 공동으로 진행하게 된다면 얼마나 좋을까.

연두는 초록으로, 초록은 청록으로 짙어갈 것이다. 그렇게 여름이 익듯이 우리 시가 세계로 뻗어 나가서 많은 독자들과 만나기를 소망한다. 외국의 좋은 시가 한국 독자와 만나 우리 문학의 품이 더 넓어지기를 바란다. 청록으로 짙어진 여름은 넓은 그늘을 만든다. 유자효 시인이 한국시인협회 회장으로 재임하는 동안 이룩한 해외 교류 사업이 앞으로 계속되었으면 좋겠다.

유자효

1947년 부산 출생. 서울대학교 졸업. 『성자가 된 개』 『신라행』 『시간의 길이』 등 20권의 시집과 시선집 산문집, 번역서 등 출간. KBS 유럽 총국장, SBS 이사, 한국방송기자클럽회장, 제44대 한국시인협회 회장 역임. 〈만해대상〉, 〈정지용문학상〉, 〈김삿갓문학상〉 등을 받았다.

SIMA SF

#3
아기가 우는 이유

2024년 7월 7일
서울 서초구 시마산부인과
응애!
응애!
누구세요???
안 돼! 안 돼!
우리 아기
손가락 좀 보자.
아이고~
너무 이쁘다!
으악! 안 돼!

2024년 7월 7일
부산시 사하구 시마산부인과
뭐야!
이 사람들이 아니잖아!
응애!
응애!
우리 아기
손가락 좀 볼까?
아.. 안 돼!
그러지 마~
손가락이
너무 이쁘네~
안 돼~
다 망했어!

그런데 태어나고 나서 하루 동안 주먹을 펴면 안 돼.
그러면 전생의 기억이 다 사라져. 명심해!

사랑의 방식　/ 김미희

'다시는'으로
박아두었던 문장이 풀어지는 순간에도
시간은 한쪽을 향해 흐르고

닫힌 문 앞에서
꼬리에 코를 박고 종일 늘어져 있다가
다가올 발자국 소리에 꼬리를 흔들어 댈 개를 본다

바람이 불면
갈대들이 긴 몸을 흐느적거리는 것을
잊으면 어쩌나 생각하다가
몇 번의 뒷굽을 갈아가며 서성거리는 몸짓으로
매 있어 그러는 것임을 기억한다

바람을 치고 지나가는 바람에
속소리답게 덜컹덜컹 답하는 문소리는
간격을 좁히려 애를 쓰는 것 같지만
언제나 걸어둔 빗장 때문에 차라리
활짝 벌려주는 폼으로
슬픈 잠꼬대를 연상시키는 기다림이라는 걸 안다

살아있으면 끝이 아니라고 믿는 사람들이 태반이어도
한 사람만을 기다리는 일로
쫑처럼 오늘은 귀를 내리고
노랗고 작은 꽃무늬 치마 속에 코를 박아버리고 싶다

김미희

〈미주문학〉 등단. 시집 『눈물을 수선하다』(2016
세종도서 문학나눔 선정) 『자오선을 지날 때는
몸살을 앓는다』
〈편운문학상〉〈윤동주서시해외작가상〉
〈성호문학상〉 본상 수상
〈KTN〉 신문에 '김미희 시인의 영혼을 위한 세탁
소'를 연재 중이며, 연극배우로 활동 중

김선하

사진작가, 화가, 칼럼니스트. 개인사진전 2회
〈달라스 한인신문〉에 사진 칼럼 『사람이 있는 풍
경』과 『삶의 파노라마』를 10년째 연재 중, 이민
자의 희로애락을 사진과 글로 담는 휴머니스트

인문학

당신의 여행 MBTI는?

나는 INFJ-T라고 한다. 공감력이 뛰어나고, 전략적이며 탐구를 좋아한다고 한다. 나의 전부가 그럴지는 나도 모르겠지만 적어도 여행에 있어 그렇다. 여행을 계획함에 있어 목적지 대안Awareness Set으로 포착된 지역에 대한 탐구를 즐기는 편이다. 여행이 주는 즐거움을 배가하기 위해서는 사전 준비는 필수라고 믿고 있다. 상상이 가미된 미지味知의 연구는, 뇌의 쾌감 보수 시스템을 작동시키고 적당한 도파민을 분비한다. 여행을 떠나기 전, 여행지에서 해야 할 일과 머물러야 할 장소, 이동해야 할 수단에 대해 사전 예약은 당연하고, 여의찮다면 완벽하지 않은 것에 대한 불안의 해소를 위해 여행지를 바꾸는 일도 서슴지 않는 편이다.

나에겐 학업의 어려움을 함께 위로하며 동문수학한 후배가 있다. 학위를 취득한 이후부터 현재까지 지역개발연구소를 운영하고 있고, 관광 낙후 지역을 명소화하는 일에 평생을 바치고 있다. 관련 분야에서는 알아주는 박사님이고 나름 명민한 면도 있어 나이가 들어감에도 눈에는 총기가 가득한 친구다. 속속들이 파악하고 지낸 오랜 지인임에도 이 친구의 여행 패턴에 있어서는 이해할 수 없는 부분이 있어 놀라곤 한다. 기본적으로 어디를 가도 예약을 하지 않는다. 분석하기 좋아하고 탐구적이었던 평시의 자세는 여행 앞에서 여지없이 무계획으로 드러난다. 숙소도 항공도, 여행지에서의 일정도 백지상태의 무계획한 여행을 즐긴다. 마치 다트 보드에 다트를 던져 숫자를 선택하듯 무심하게 여행지를 정하곤, 모든 건 도착 이후 현지에서 해결한다. 아무리 긴 여행도 배낭 하나에 모든 걸 담아 떠난다. 불과 몇 달 전 한국에서 비행으로 10시간 거리, 계절도 한국과는 정반대인 호주 시드니에 이 친구가 나타났다. 짐이라곤 괴나리봇짐 같은 배낭이 전부였다. 지역화 Localization의 백미를 본 느낌이었다. 여행의 방식은 제각각이다. 생각해 보면 여행이 일상처럼 완벽할 이유는 없다. 하루의 짧은 일상에도 우리는 얼마나 많은 변수를 만나고 있는가? 바다가 그리우면 무심코 바다로 떠나는 게 여행이다.

내가 바르셀로나를 여행지로 선택한 건 가우디 성당 때문이었고, 넘쳐나는 정보로 인해 나의 불안함을 충분히 희석해 줄 수 있었기 때문이다. 마침 여행을 떠날 즈음, 방송에서는 맞춤으로 가우디 성당이 빈번하게 노출됐다. 1882년 성당 건립을 위한 첫 삽을 뜬 이래 21세기에 이르러서도 현재 진행 중인 건축물이 존재한다는 사실은 얼마나 가슴 뛰는 일인가. 나는 예의 계획에 맞춰 일정을 준비하고 한 틈의 오차도 없이 여행을 즐기리라는 각오를 다졌다.

늦은 시간 도착한 바르셀로나 입성 첫날, 명품 호텔이 아닌 똑같은 모양의 골목길에서 숙소를 찾는 일은 쉬운 일이 아니었다. 손에 쥔 주소는 무색했고, 주인장은 전화를 받지 않았다. 바리바리 싸서 떠난 짐 덕에 바르셀로나의 순탄치 않은 자갈길은 황톳길 이상 험난했고, 2주간

바르셀로나의 오후

의 여행에 쓰일 소품들로 가득한 든든한 짐이 버티고 있으니, 주인을 찾아 길을 찾아 나서는 일도 쉽지 않았다. 어찌어찌 주변의 도움을 받아 숙소를 찾았고 뒤늦게 어렵사리 상봉한 여주인은 숙소 사용법에 대한 설명을 뒤로하곤 사라졌다. 아담한 아파트는 메인 베드룸과 두 번째 방을 제외한 남은 한 방은 둘이 사용하기에는 턱없이 좁아 누군가는 불편을 감수할 수밖에 없었다. 우리는 공정을 위해 가위, 바위, 보를 통해 방을 정했고 나와 와이프는 가장 작은 방을 배정받는 불운을 감수할 수밖에 없었다. 방은 침대 하나로도 빈틈이 없었고 무엇보다도 다른 일행들은 En Suite(화장실이 딸린 침실)에서 불편함 없이 지냈지만, 나와 와이프는 거실에 있는 공용의 화장실은 불편의 덤으로 받았고, 애지중지했던 여행 가방은 문밖에 밀어 두어야 했다.

도착일의 집 찾기와 방 배정의 불운은 우연이라 믿고 싶었다. 다음 날 우리 일행은 여행의 준비 단계부터 가장

우리의 가슴을 뛰게 했던 바르셀로나의 고풍스러운 거리 지나 시내에 있는 공원에 이르게 됐는데, 그곳에는 마치 그리스의 여신처럼 하얀 옷과 월계관을 쓴 여인이 마치 비둘기의 여왕이라도 되듯 셀 수 없을 만큼의 비둘기를 거느리고 공원을 걷고 있었다. 수많은 비둘기가 그녀의 호위무사처럼 하늘과 땅에서 그녀의 움직임에 따라 이리저리 몰려다녔다. 호기심에 잠시 걸음을 멈추니 머리부터 발끝까지 하얗게 장식한 여인이, 새 모이를 한 움큼 집어서는 일행 중 하나에게 건넨다. 주변의 모든 비둘기가 모여들고, 나는 머리 위에서 푸득이거나 바닥의 모이에 집중하고 있는 새들의 군무에 묻혀, 쉴 새 없이 모이를 허공에 뿌리고 있는 일행을 향해 셔터를 눌러댔다. 한참을 몰두한 후 몸을 일으키니 나를 제외한 일행 모두는 저만큼 앞선 길을 걷고 있었다. "비둘기의 여왕"은 내게 모이값과 사진의 모델료를 요구하기 시작했다. 당황한 나는 주변을 둘러보며 먼발치로 사라진 동료를 향해 도움의 눈길을 보내 보았지만, 일행은 점차 시야 밖으로

9

사라져갔다. 어찌어찌 비굴한 웃음과 조아린 고개 덕으로 한바탕의 저주를 뒤로하곤 자리를 빠져나올 수 있었다. 공원을 떠나 가우디의 역작 중 하나인 카사밀라Casa Mila로 이동하는 중에는 누군가 나의 카메라 가방을 몇 차례 건드리는 느낌이 있어 고개를 돌리니, 지나치게 평범하고 순박한 얼굴을 가진 두 명의 처자가 카메라 가방의 지퍼를 잡고 있었다. 화들짝 놀란 내가 왜 나의 가방을 열려고 하냐 물으니 해맑은 웃음과 함께 내가 네 가방을 열었다는 증거가 있냐고 묻는다. 나도 모르게 웃음이 나왔다. 너무나 당당하고 거리낌 없는 그녀들의 모습에서 안 되면 말고라는 장난기를 읽었기 때문이다. 마치 그녀들의 일상에 내가 끼어든 것 같은 느낌이었다.

책상 위의 지식으로 준비하고 예측한 바르셀로나는 생물처럼 살아 숨 쉬는 거대한 도시였고, 누군가에게는 치열할 수밖에 없는 삶의 터전이었으니 모든 일이 예상 같지 않음은 당연한 일이었다. 젊은 시절 만났던 바르셀로나에 비하면 지금의 이 도시는 더 이상 조용하고 골목이 아름답기만 한 도시는 아니었다. 거리는 사람으로 넘쳐났다. 아름다운 고딕 골목에 이르기 위해서는 5월의 뜨거운 햇빛과 거리의 소음 그리고 곳곳에서 진행 중인 개발과 보수의 건설 소음을 견디며 걸어야 했다. 여행자로서 마음에 갖게 되는 "이 도시는 나에게 자비로울 것이다"라는 오만은 내려놓았어야 했다.

공원에서 만난 비둘기의 여왕

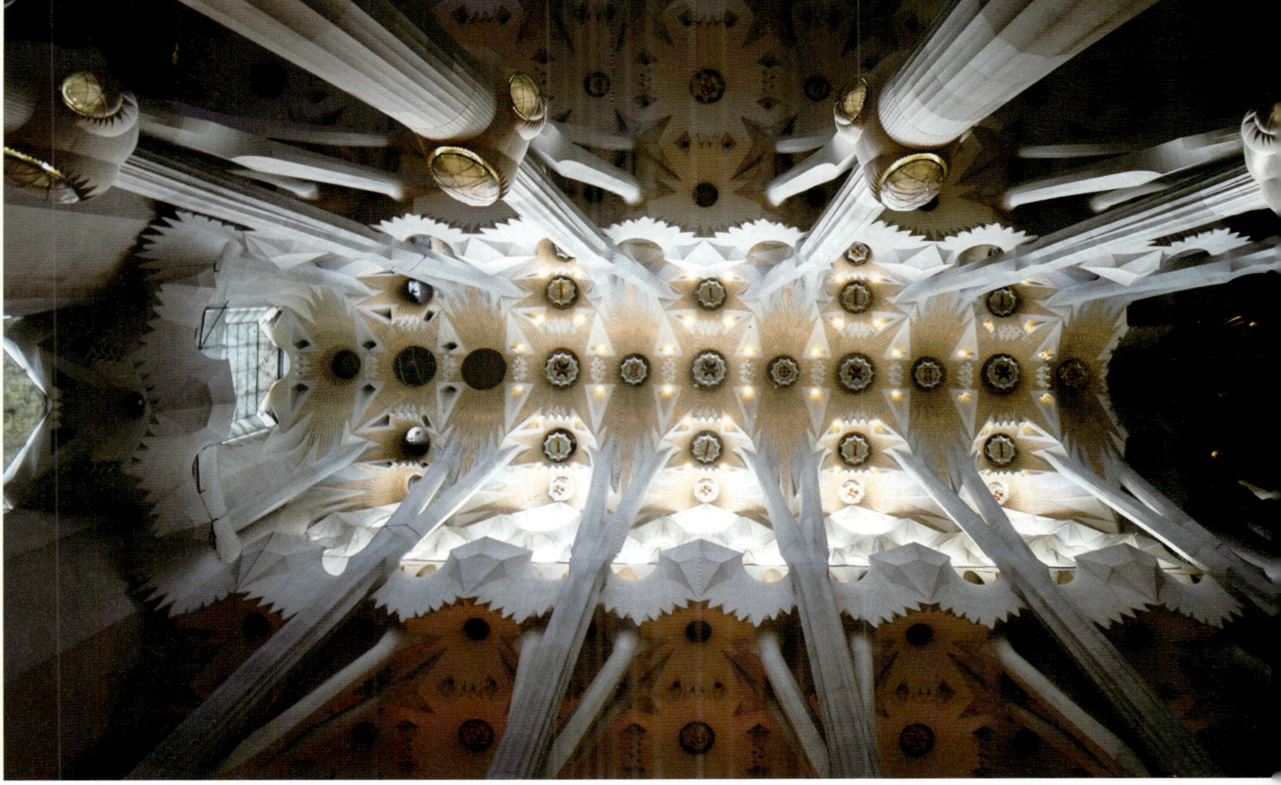

가우디의 라사 그라다 파밀리아 성당으 천장 모습

여행이 즐거운 건 늘 새로운 일이 옆에 놓여 있기 때문이다, 마음이 닿는 여행은 아무리 보잘것없는 현지의 문화도 쉽게 받아들이고 이해하고 존중하게 된다. 적당한 고생은 염두에 둬야 하고, 매일의 변수는 여행의 상수로 받아들여야 한다. 여행의 어원은 고생을 뜻하는 데서 출발한다. 트레블Travel은 라틴어인 트레팔리움Trepalium에서 유래했다. 셋을 뜻하는 트리아Tria와 회초리를 뜻하는 팔루스Palus에서 유래됐다. 트레팔리움Trepalium에서 파생한 트레바일런Travailen이라는 동사는 힘들게 일하다라는 의미와 더불어 여행하다는 의미로 사용됐다. 여행을 통해 얻게 되는 고생은 우리에게 집 떠나면 고생이라거나, 집이 최고라는 자조를 부르지만, 매일의 우리 삶을 성찰하고 우리가 지닌 소소한 것들의 소중함을 일깨워 준다. 유독 선지자들이 여행을 통한 성장을 이야기하는 이유는 여행지에서의 불확실성이 여행자를 더욱 단단하게 만들고, 사소한 역경을 헤쳐 나갈 수 있는 삶의 지혜를 걷을 수 있기 때문 아닐까?

글·사진 **조성찬**

관광학 박사
전 가톨릭 관동대학교 관광경영학과 교수

이 상처가 세계이다
-캐나다 원주민 시인 빌리-레이 벨코트

이 자리를 통해 한국의 문예지에 처음으로 소개되는 빌리-레이 벨코트Billy-Ray Belcourt는 크리Driftpile Cree Nation 원주민 출신의 캐나다 시인이다. 그는 1994년에 태어났으며 19세에 시를 쓰기 시작했다. 2017년(23세)에 나온 그의 첫 시집 『이 상처가 세계이다This Wound is a World』는 캐나다 국영방송 CBS에 의해 2017년 최고의 시집으로 선정되었으며, 2018년에 그는 역대 최연소로 그리핀 시문학상Griffin Poetry Prize을 받았다. 그리핀 시문학상은 캐나다의 가장 유력한 문학상 중의 하나이며, 2019년에 김혜순 시인이 이 상의 국제 부문 수상자가 되어 한국에도 잘 알려진 상이다. 그는 또한 같은 시집으로 로버트 크로취 에드먼튼 시 북 프라이즈Robert Kroetsch City of Edmonton Book Prize를 수상하였고, 거버너 제너럴 시문학상Governor General's Literary Award for Poetry, 제럴드 램퍼트 기념상Gerald Lampert Memoriall Award 등 쟁쟁한 문학상들의 최종 후보에 올랐다. 첫 시집으로 엄청난 주목을 받은 그는 2019년(25세)에 두 번째 시집 『북미 원주민의 대응 기제들NDN Coping Mechanisms: Notes from the Field』을 출판했으며, 이 시집은 2020년 람브다 문학상Lambda Literary Award 등 여러 문학상의 최종 후보에 올랐고, 스테펀슨 시문학상Stephan G. Stephanson Award for Portry을 그에게 안겨주었다. 백인 주류의 캐나다 문단에서 원주민 출신 작가들이 거의 주목을 받고 있지 못하며, 학계에서도 원주민 작가들의 작품에 관한 연구가 극히 미미하다는 사실을 고려할 때, 벨코트가 원주민 출신 작가임에도 불구하고 이렇게 엄청난 주목을 받은 것은 극히 예외적인 현상이라고 해도 과언이 아니다.

빌리-레이 벨코트

벨코트가 주목을 받는 이유는 그가 백인 주류 사회에서 원주민 출신으로서 강력한 저항의 목소리를 내고 있을 뿐만 아니라, 커밍아웃을 한 성적 소수자로서 노골적인 분노와 슬픔의 목소리로 이성애 주류 담론에 마구 구멍을 내고 있기 때문이기도 하다. 그는 또한 앨버타 대학University of Alberta 비교문학과를 최우등으로 졸업했을 뿐만 아니라, 북미 원주민으로서는 처음으로 영국 옥스퍼드 대학교에서 수여하는 로드즈 장학금Rhodes Scholarship을 받고 여성 연구women studies로 옥스퍼드 대학에서 석사 학위를 받았다. 그리고 다시 캐나다로 돌아와 앨버타 대학에서 박사 학위를 받자마자 2020년(26세)에 브리티시 콜롬비아 대학교University of British Columbia 문예창작학부의 조교수가 된 이력이 암시하듯이 그는 인문학 이론으로 단련이 된 학자이기도 하다. 그는 탈식민주의, 포스트구조주의, 포스트모더니즘, 그리고 퀴어 이론 등으로 중무장한 상태에서 개념어와 감성적인 언어를 독특하게 배합하여 자신만의 새로운 세계를 만들어 가고 있는 주목 받는 신예이다.

이것은 알버타주, 죠서드에 있는 기숙학교야.
뼈대 말고도 그 흔적이 많이 남아있지.
우리는 지금 감금의 사후생활이라는 진창에
빠져 있지.
철창들은 몸들로 만들어졌어,
그리고 몸들은 뒤에 남은 것으로 만들어졌지.
이것이 우리가 물려받은 세계야.
그것에는 대답 없는 질문처럼 대기 중에
떠돌 수밖에 없는 폭력이 스며있지.
　　　　　　　　　—「하늘 마음대로」부분
　　　　(이하 이 글에 인용된 모든 시는 오민석 역)

벨코트는 이 작품 앞에 실제로 알버타주 죠서드라는 지역에 남아있는 "기숙학교residential school"의 사진을 배치해 놓았는데, 이 작품을 이해하려면 기숙학교가 무엇인지를 알아야 한다. 캐나다에서 기숙학교는 대략 1847년경에 시작되어 비교적 최근인 1996년경까지 거의 150년에 걸쳐 백인들이 원주민 자녀들을 가두어 놓고 소위 '문명 교육'을 실시하던 학교였다. 말이 문명 교육이지 이 학교는 정복자인 백인들이 원주민들의 언어와 문화와 종교를 말살하고 그 자리를 자신들의 언어, 문화, 종교로 대체하는 끔찍하기 짝이 없는 '인종 개조 학교'였다. 원주민들에게 기숙학교는 처음엔 선택사항이었으나 소위 '인디언 법령Indian Act이 실시된 1884년 이후에는 강제조항이 되었고, 6세에서 16세 사이에 해당하는 원주민의 자녀들은 가족에게서 강제로 분리되어 기숙학교에 수감되어야 했다. 기숙학교를 나온 10대 후반의 원주민 자녀들은 영혼을 강탈당한 채 백인 주류 사회뿐만 아니라 자기 부족으로부터도 철저하게 소외된 상태에서 극심한 혼란과 절망 속에서 마약 중독, 알코올 중독, 자살, 각종 범죄 등에 노출되었다. 기숙학교에서도 이들은 부족한 재원을 메꾸기 위해 거의 매일 강제노동에 동원되었고, 엄한 규율과 영양실조, 백인 성직자들과 교사들에 의한 성폭행에 시달렸다.

위 작품에서 "철창들"은 그런 기숙학교를 지칭하면서 동시에 몸으로서의 원주민 주체성을 규정하고 범주화하

는 백인 담론을 총칭하는 것이다. 중요한 것은 그것이 소위 '몸의 정치학biopolitics'으로서 원주민들의 "몸들"을 타자화하는 과정을 통해 만들어졌다는 것이다. 원주민들에게 현재("지금")는 "감금의 사후생활이라는 진창"이다. 백인 침략자들에 의해 자신의 땅에서 유배당한 원주민들이 "물려받은 세계"란 이렇게 백인의 폭력으로 타자화된 "진창" 밖에 없다.

하나님은 틀림없이 인디언이야, 그가 말했지
왜냐하면 너희 수많은 인디언은 마치 하늘처럼
말하거든.
아마도 나는 말하는 사람이야.
아마도 내 몸은 우리 모두가 연관된 내면의 조크야.
이제 은유를 위한 시간이야.
나에게 젠더를 줘봐,
그러나 그것이 촛불 시위 같은 것일 때만 말이지.
기억해, 슬픔이란 세상에 자기주장을 하는 한 방식이야.
우리 쿠쿰(역주: 할머니를 지칭하는 크리 인디언 단어)이 이렇게 물으셨어, 울음엔 뭔가 인디언적인 것이 있나?
오늘 밤 나는 내 옛날 애인들을 내 팔에 껴안고
내가 무덤이 아니라는 사실을 설득할 거야.
어둠 속에서 우리는 아무도 이름을 갖고 있지 않고 그 누구도 신성하지 않아.
하나님은 틀림없이 인디언이야, 그가 말했지.
이것은 연애 시가 아니야.
　　　　　—「하나님은 틀림없이 인디언이야」전문

벨코트는 인디언(원주민)의 언어를 "하늘"의 언어로 은유한다. 그러나 동시에 인디언의 언어는 "슬픔"의 언어이다. 인디언은 슬픔으로 세상에 말을 건다. 인디언은 "울음"의 존재이다. 슬픔과 울음은 세상에 던지는 인디언의 "자기주장"이다. 그러나 슬픔으로 세상에 말을 거는, 즉 "말하는 사람"은 존재의 "무덤"이 아니다. "촛불 시

위"가 상징하는 것처럼 "젠더"는 논쟁의 여지가 많은 기호이다. 누가 "어둠 속에서" 젠더를 호명하는가. 어둠 속에서 "우리는 아무도 이름을 갖고 있지 않"다. 그 어떤 젠더도 그 자체로 "신성하지 않"다. 이 시 속의 화자는 인디언이자 성적 소수자로서 자신의 존재가 "무덤"이 아니며 자유롭게 사랑할 권리가 있는 주체임을 밝히고 있다. 그러나 이 시가 연애 시가 아닌 이유는, 이 시가 인종 모순과 성적 모순의 문제를 동시에 다루고 있는 '정치적인' 시이기 때문이다.

> 시는 방이다
> 나는 그 속에 나의 자전적 자아를 퍼넣는다.
> 어둠 속에서 나는 기호이다
> 나는 기표와 기의 속으로 들어가 한 발로 서서 돈다.
> ……
> 미래의 천국을 부르고
> 현재의 로맨스를 처리하자.
> 현재는 실수였다.
> ─「현재의 로맨스」 부분

벨코트는 자신의 시가 "자전적 자아"의 기술記述이라고 주장한다. 그는 또한 원주민 퀴어로서 자신의 주체성이 "기표와 기의"로 이루어진 언어적 구성물linguistic construct임을 밝히고 있다. 언어적 구성물은 권력을 가진 주체들의 담론으로 이루어진다. 백인 이성애 주류의 캐나다 사회에서 원주민 퀴어는 철저하게 백인의 시선에 의해 '비정상'으로 규정되고 범주화된 서발턴subaltern이다. 그런 의미에서 모든 원주민과 퀴어들에게 "현재는 실수"이다. 그들의 언어는 슬픔으로 특징지어진다. 그러나 벨코트는 원주민들의 울음의 언어가 백인 주류 세계에 말을 거는 방식이라고 본다. 그들의 울음 속에는 "미래의 천국"을 부르는 유토피안 욕망이 스며 있다.

> 그러나, 보호구역은 아직 오지 않은 유토피아의 자리가 아니야. 유토피아를 목적론적으로 항상 감질나게 도래하는 종말로 제시하는 대신에,

나는 보호구역의 사람들을 유토피아 세계의 시민으로 이해해. 캐나다의 감각중추와는 반대되는 감성의 구조 속에 이미 얽혀들어, 보호구역의 사람들은, 대안들, 즉 혁명적 정념의 안무에 동기화되어 있지. 말하자면, 우리는 "당신들이 볼 수 없는 모든 것의 가능성"을 즐기고 있다는 거야.
> ─「붉은 유토피아」 부분

벨코트에게 유토피아는 "종말"의 시간에 계시처럼 이루어지는 판타지가 아니다. 그것은 지금 이곳이 아닌 "대안들"을 상상하게 하는 실질적인 힘이고 에너지이다. 원주민들의 "붉은 유토피아"는 백인들("당신들")이 "볼 수 없는 모든 것의 가능성"이다. 벨코트가 보호구역의 원주민들을 "유토피아 세계의 시민"으로 부르는 이유가 이것이다. 유토피아는 가장 힘들고 슬픈 바닥에서 "동기화"된다. "희망에 술 취한 상태, 이것이야말로 모든 원주민의 가장 원주민다운 느낌"(「현재의 로맨스」)이라는 고백은 원주민들의 이런 "혁명적 정념"을 잘 보여준다. 그리하여 벨코트는 자신의 시를 다음과 같이 정의한다. "그 안에서 어제(과거)가 절대 오지 않는 시; 그 안에서, 우리의 난파한 나라가 새롭게 시작할 시간조차 남기지 않으면서, 우리가 유토피아의 속도로 사랑하는 시."(「가정들」)

오민석

시인이자 문학평론가. 현재 단국대학교 영미인문학과 명예교수. 1990년 월간 〈한길문학〉 시 부문 신인상, 1993년 〈동아일보〉 신춘문예에 문학평론이 당선. 시집 『굿모닝, 에브리원』 외, 문학평론집 『이 황량한 날의 글쓰기』 외, 대중문화 연구서 『나는 딴따라다: 송해 평전』, 『밥 딜런, 그의 나라에는 누가 사는가』, 번역서 바스코 포파 시집 『절름발이 늑대에게 경의를』, 『오 헨리 단편선』 외 등 다수. 〈단국문학상〉, 〈부석 평론상〉, 〈시와경계 문학상〉, 〈시작문학상〉, 〈편운문학상〉 등 수상.

유성호의 문학 톡톡

가엾은 내 사랑 빈집에 갇혔네

오가며 그 집 앞을 지나노라면
그리워 나도 몰래 발이 머물고
오히려 눈에 띌까 다시 걸어도
되오면 그 자리에 서졌습니다.

오늘도 비 내리는 가을 저녁을
외로이 이 집 앞을 지나는 마음
잊으려 옛날 일을 잊어버리려
불빛에 빗줄기를 세며 갑니다.

— 이은상, 「그 집 앞」 전문

기형도가 남긴 명편들은 이제 수많은 독자들의 애장품이 되었다. 나는 그 가운데서도 「빈집」이 가장 기형도답고, 가장 대중적이며, 가장 완결성이 높은 작품이라고 생각한다. 「엄마 걱정」, 「대학 시절」, 「위험한 가계·1969」도 퍽 좋아하지만, 「빈집」의 내구성과 확장성에는 미치지 못한다. 그런데 「빈집」이 홀로 존재하는 독립 시편이 아니라, 그가 쓴 다른 작품 「그 집 앞」과 한 쌍을 이루고 있다는 점은 잘 알려져 있지 않다. 「그 집 앞」과 「빈집」은 기형도가 죽기 얼마 전, 시인 장석주가 발행했던 〈현대시세계〉 1989년 봄호에 나란히 발표되었다. 그런데 사람들은 이 두 작품이 연결되어 있다는 사실을 대부분 까맣게 몰랐다. 유고시집 『입 속의 검은 잎』(문학과지성사, 1989)의 편집자가 두 작품 사이에 「노인들」이라는 작품을 슬쩍 끼워 넣었기 때문이다. 왜 그랬는지는 지금 생각해도 알 길이 없다. 이제 우리는 이 두 작품이 일종의 연작이고, 그래서 순서대로 읽어야 한다고 말할 수 있다. 「그 집 앞」이 먼저이고 「빈집」이 나중이다. 그런데 우리 기억에, 「그 집 앞」은 이은상 시에 현제명이 곡을 붙인 오래된 노래가 있다. 1933년 현제명 자신의 독창으로 발표된 가곡이다. 한번 읽어(불러) 보자.

'그 집 앞'을 오래도록 서성이는 누군가가 있다. '그리워'와 '나도 몰래'와 '눈에 띌까'라는 표현이 그 누군가로 하여금 '그 집'에 살고 있는 이에 대한 비밀스러운 사랑의 마음을 가지게끔 해주고 있다. 하지만 그는 집의 문을 두드리거나 소리를 불러 자신의 그리움을 호소할 길이 없다. 그러니 그저 '그 집 앞'을 서성거리며 혹시라도 누가 볼까 봐 다시 걷고 다시 돌아오는 순환 과정을 겪고 있을 뿐이다. 2연에 가면 가을비 내리는 저녁에 외로이 다시 '그 집 앞'을 지나면서 "불빛에 빗줄기를 세며" 걷는 그의 모습이 처연하게 담긴다. 그의 내면은 그 빗줄기만큼 지나온 많은 세월을 헤아렸을 것이고, 빗줄기처럼 속절없이 사라져간 "옛날 일"에 사무치는 그리움도 얹었을 것이다. 그러나 외로움과 그리움으로 점철된 '그 집 앞'의 사랑이 그 무대를 '그 집 안'으로 옮겨갈 수는 없었다. 끝내 이루지 못한 사랑이 '그 집 앞'이라는 공간에서 끝없이 명멸할 수밖에 없었던 것이다. 그런데 기형도 시편 가운데 이 노래와 동명同名의 작품이 있다. 우리는 그것이 「빈집」의 전편前篇이라고 말할 수 있다. 처연하기는 마찬가지이지만 이은상의 것보다 훨씬 더 격정적인 상실감을 가진 시편이다.

그날 마구 비틀거리는 겨울이었네
그때 우리는 섞여 있었네
모든 것이 나의 잘못이었지만
너무도 가까운 거리가 나를 안심시켰네
나 그 술집 잊으려네
기억이 오면 도망치려네
사내들은 있는 힘 다해 취했네
나의 눈빛 지푸라기처럼 쏟아졌네
어떤 고함 소리도 내 마음 치지 못했네
이 세상에 같은 사람은 없네
모든 추억은 쉴 곳을 잃었네
나 그 술집에서 흐느꼈네
그날 마구 취한 겨울이었네
그때 우리는 섞여 있었네
사내들은 남은 힘 붙들고 비틀거렸네
나 못생긴 입술 가졌네
모든 것이 나의 잘못이었지만
벗어둔 외투 곁에서 나 흐느꼈네
어떤 조롱도 무거운 마음 일으키지 못했네
나 그 술집 잊으려네
이 세상에 같은 사람은 없네
그토록 좁은 곳에서 나 내 사랑 잃었네

— 기형도, 「그 집 앞」 전문

이 작품의 시간은 어느 겨울밤이고 공간은 '그 술집'이다. 비틀거리는 겨울날이었고, 많은 이들이 섞여서 힘을 다해 취한 술집이었다. "모든 것이 나의 잘못이었지만"이라는 말이 반복되면서, 시인은 그 술집에 대한 기억을 잊고자 한다. 서로 너무도 가까운 거리여서 안심했지만, 그 잘못의 순간 "나의 눈빛"은 지푸라기처럼 쏟아졌고, "어떤 고함 소리도 내 마음 치지" 못했다. 추억도 소용없었고 나의 "못생긴 입술" 때문에 빚어진 잘못은 고함과 조롱으로 그 집을 얼룩지게 했다. 그 후 격정적인

흐느낌과 비틀거림으로 시인은 "그토록 좁은 곳에서 나내 사랑 잃었네"라고 썼다. 여기서 "그토록 좁은 곳"이 바로 시의 제목인 '그 집 앞'이고, 시인은 바로 그곳에서 취기醉氣와 흐느낌과 비틀거림과 고함과 조롱의 시간에 실려 "내 사랑"을 잃은 것이다. "모든 것이 나의 잘못이었지만" 말이다. 그리고 「빈집」의 첫 행이 이어지는 것이다.

기형도(奇亨度, 1960.3.13.~1989.3.7.) 7일)
시인이자 언론인. 유고 시집으로 『입 속의 검은 잎』
『사랑을 잃고 나는 쓰네』가 있다.

사랑을 잃고 나는 쓰네

잘 있거라, 짧았던 밤들아
창밖을 떠돌던 겨울 안개들아
아무것도 모르던 촛불들아, 잘 있거라
공포를 기다리던 흰 종이들아
망설임을 대신하던 눈물들아
잘 있거라, 더 이상 내 것이 아닌 열망들아

장님처럼 나 이제 더듬거리며 문을 잠그네
가엾은 내 사랑 빈집에 갇혔네

— 기형도, 「빈집」 전문

이 작품의 첫 행은, '그 집 앞'에서 잃어버린 사랑을 떠올리며 '쓰기'를 시작한다는 뜻을 담고 있다. 사랑을 잃어버린 과정이 「그 집 앞」에 나오고, 그 사랑을 잃은 후의 어떤 의식과 행동이 「빈집」을 구성하고 있는 셈이다. 사랑을 잃은 이들의 심금을 오래도록 울린 「빈집」은, "사랑을 잃고 나는 쓰네"라는 인상적 구절로 시작함으로써 그다음 펼쳐질 신scene들이 모두 '쓰기'와 연관될 것임을 암시한다. 2연에서는 사랑이 이루어지던 때의 기억을 시인이 하나씩 지워가는 과정을 담는다. 시인은 언젠가 사랑하는 이에게 무언가를 썼던 기억을 떠올린다. 창밖에 떠돌던 겨울안개, 그 안개에 감싸였을 짧은 밤, 조명으로 밝혀졌을 촛불, 무언가를 쓰려 펼쳐 놓았을 백지, 망설임과 공포 속에서 떨구어지던 눈물이 그 '쓰기'를 감싸던 물리적 세목이었을 것이다. 그런데 이 모든 기억을 그는 "잘 있거라"라는 말의 반복 속에서 떠나보낸다. 이제 그것들은 "더 이상 내 것이 아닌 열망들"이 되어버렸기 때문이다. 이렇게 마지막 '쓰기'를 수행한 시인은 '쓰기'와의 결별을 또한 완성해 가는데, 그것은 장님처럼 더듬거리며 문을 잠그는 행위를 통해 이루어진다. 그렇다면 그가 장님처럼 더듬거리며 문을 잠근 것은 무엇일까? 우리는 촛불과 흰 종이가 놓였을 책상을 떠올리게 되고, 그것들을 가지런히 정리하여 넣고는 닫아버린 서랍을 연상할 수 있다. 시인은 마지막 눈물의 글쓰기를 수행하고는 그 결과를 서랍에 넣고 잠가버린 것이다. 그 결과 이제 "가엾은 내 사랑"이 갇히는 '빈집'이 탄생한다. 시인이 '빈집'에 머무르는 것이 아니고, 떠나보낸 사랑이 '빈집'에 갇히는 역설적 현상이 빚어진 것이다. 이는 사랑을 '빈집'에 가두어버림으로써 그 사랑을 영원히 간직하고자 하는 역설적 열망이 내면에 잠복해 있었기 때문일 것이다. 그런데 여기서 우리는 "사랑을 잃고 나는 쓰네"에서의 '사랑'과 "가엾은 내 사랑 빈집에 갇혔네"에서의 '사랑'이 조금 다르다는 점을 의식할 수 있다. 앞의 사랑이 그동안 사랑했던 2인칭을 함의한다면, 뒤의 사랑은 그동

경기도 광명시 오리로 268 기형도문학관

안 자신이 쏟아온 행동으로서의 사랑이다. 앞의 것이 '사랑했던 사람'이라면 후자는 '내가 쏟은 사랑'인 셈이다. 이렇게 「빈집」은 「그 집 앞」의 후편後篇이 된다. 결국 기형도는 "그토록 좁은 곳에서 나 내 사랑 잃었"(「그 집 앞」)지만, 그 "가엾은 내 사랑"을 가두어버린 '빈집'을 탄생시킴으로써 자신의 사랑을 항구적으로 붙잡을 수 있었던 것이다.

유성호

1964년 경기 여주 출생. 한양대학교 국문과 교수. 지은 책으로 『서정의 건축술』『단정한 기억』『문학으로 읽는 조용필』 등이 있음. 〈대산문학상〉 등 수상

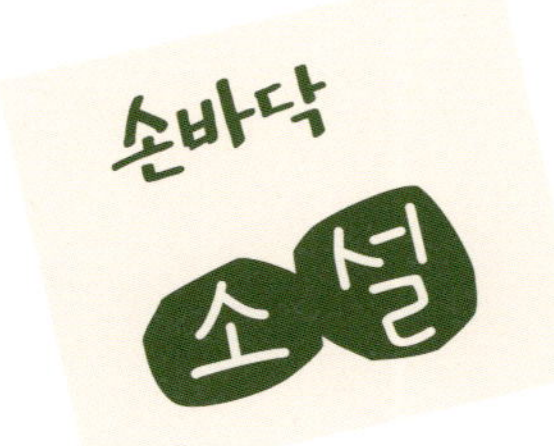

Insert Coin

전석순

결혼 준비를 앞두고 미희와 영수는 자주 멈칫했다. 지금까지 일주일의 절반쯤 영수가 사는 원룸에 자주 드나들면서 절대 고쳐지지 않을 습관이나 포기할 수 없는 취향을 충분히, 적어도 사사건건 부딪치지는 않은 만큼은 조율해 왔다고 생각했다. 하지만 막상 결혼으로 들어서니 상황은 계속 틀어지기만 했다. 아침을 챙겨 먹는 대신 야식을 입에 대지 않는 미희와 일정한 시간에 맞춰 식사하지 않고 그때그때 내키는 대로 끼니를 때우던 영수가 어긋났고 신혼집 거실에 둘 텔레비전 크기나 책상의 방향마저도 의견이 맞아떨어지지 않았다. 둘이 완벽하게 공유할 수 있었던 건 앞으로 더 많은 걸 조절하면서 포기할 수밖에 없으리란 예감뿐이었다. 그래서 며칠간 만이라도 휴가를 내고 각자 방 안에서 하고 싶은 걸 맘껏 해 보기로 했다. 그러니까 결혼하면 못해 볼 것 같거나 마냥 고집부릴 수만은 없는 일들을.

미희는 외출하는 대신 종일 집에서 뒹굴거나 책을 읽고 미뤄뒀던 영화를 한꺼번에 몰아서 봤다. 얼마 전부터는 바닥에 주저앉아 퍼즐 조각을 맞췄다. 한눈에 봐도 맞추기 까다로워 보였지만 미희는 자신 있는 듯했다. 한동안 머뭇거리던 영수가 조이스틱을 사 온 건 그쯤이었다.

"그거 오락실에 있던 거 아냐?"

절반쯤 퍼즐을 맞춘 미희는 영수 쪽을 힐끔거렸다. 무얼 해야 좋을지 몰라 헤매던 끝에 겨우 결정을 내릴 수 있었던 건 부모님 댁에 들렀다가 본 일기장 때문이었다. 초등학교 3학년 때 쓴 영수의 일기에는 온통 오락실 얘기뿐이었다. 새로 나온 게임과 적이 갑자기 튀어나오는

순간이나 보너스 점수를 얻을 방법 같은. 나중에는 종일 오락만 할 수 있으면 소원이 없겠다고 쓰여 있었다. 간절했던 소원은 지금 당장 실현할 수 있었다. 그러자 결혼하고 나면 오락에 빠질 시간 따윈 없을 것 같았다. 순간 영수의 귓가에 동전이 짤랑거리는 소리가 들려오는 듯했다.

동네 오락실은 늘 아이들로 빼곡해 어두웠다. 그 틈을 비집고 안쪽에서 알록달록한 빛이 쉴 틈 없이 새어 나왔다. 이어서 뺨을 콕콕 찌르는 듯한 멜로디가 흘러나오더니 곧 폭탄이 터지고 여기저기 함성이 뿜어져 나왔다. 왜소했던 영수는 게임 안에서만큼은 악당을 가볍게 무찔렀고 적군 기지에 침투하거나 공룡을 타고 모험을 떠나기도 했다. 한 단계씩 통과하면서 엔딩에 점점 가까워지는 동안 현실의 시간은 흐리멍덩해지다가 이내 지워지기 일쑤였다. 그 시절 동전 하나면 삼십 분쯤은 아무 생각 없이 즐길 수 있었다. 영수의 하루는 'Insert Coin'로 시작해 'Game Over'로 끝났다.

이제 영수는 버튼 하나로 동전을 20개쯤 넣었다. 효과음이 짜릿하게 영수를 감싸며 온몸을 뒤흔들었다. 화면 속에는 오랫동안 잊고 있었던 장면이 환하게 떠올랐다. 넉넉해진 마음 탓에 영수는 느긋한 자세로 게임을 시작했다. 조악하게만 들렸던 멜로디가 새삼 감미로운 선율로 다가왔다. 예전 오락실에서는 빽빽하게 들어선 기

계가 앞다퉈 내보내는 효과음이 한데 뒤섞여 제대로 들을 수 없었다. "필살기 쓴다!"나 "거기 서!" 같은 격앙된 목소리로도 가득했다. 잠잠해지는가 싶으면 곧 여기저기 환호성이 터져 나왔다. 그 사이에서 영수는 허리를 곧추세운 채 아랫입술을 깨물고 게임 속에서 날아드는 총알과 주먹질을 피하느라 바빴다. 이제는 배경으로 나오는 풍경을 여유 있게 감상하면서 통통 튀는 BGM을 오롯이 느낄 수 있었다. 변치 않은 캐릭터의 얼굴을 보니 오랜만에 만난 친구처럼 반갑기까지 했다.

얼마 지나지 않아 영수는 동전이 넉넉하지 않아 가장 잘 다룰 수 있는 캐릭터만 선택했던 기억이 떠올랐다. 매번 중간쯤 실패해서 엔딩을 보지 못해 발을 동동거리던 모습과 다른 통로로 빠지면 더 유리할까, 싶어 망설이다가 이내 매일 가던 숲길로만 갔던 장면도 선명해졌다. 그땐 게임이 끝나고 이어서 하거나 실패하면 다시 시작할 정도로 동전이 넉넉하지 않았다. 번번이 두어 개뿐이었고 딱 하나만 들고 갔던 날도 많았다. 그래서 새로운 게임이 나와도 공략집을 달달 외워 잘할 수 있다는 확신이 붙기 전까지는 엄두를 내지 못했다. 그제야 동전 하나로 오랜 시간을 버텼던 이유도 짐작할 수 있었다.

지금은 잘못된 선택과 실패가 이어진다고 해도 겨우 버튼을 누르는 것으로 다시 시작할 수 있었다. 영수는 꼭 조작해 보고 싶었지만 서툴지 몰라 주저했던 캐릭터를 거침없이 골랐고 시간제한에 걸릴 것 같아 항상 입구에서 돌아섰던 동굴에도 성큼 들어섰다. 그 과정에서 함정에 빠질 때도 있었지만 더 좋은 점수를 내거나 뜻밖에 보너스를 받기도 했다.

"재밌어?"

영수를 곁눈질하던 미희는 도통 속내를 알 수 없다는 듯 물었다. 옆에 자리 잡은 미희는 '보글보글'과 '테트리스'를 같이 해보더니 십 분도 지나지 않아 물러났다. 더 정교한 그래픽에 실감 나는 사운드로 무장한 게임이 넘치는데 인제 와서 오락실 게임에 몰두한다는 게 이상하다는 듯이. 영수는 괜히 미희를 향해 쏘아붙였다.

"얼마나 재밌는데! 자기가 몰라서 그래."

이후에도 영수는 더러 탄성을 내지르다가 나중엔 어깨까지 들썩이며 한 시간 넘게 앉아 있었다. 그러다 며칠 후에는 얼마간 시들해진 눈치였다. 결국 예전에 선택했던 캐릭터로 돌아왔고 열 번 넘게 이어서 한 끝에 맞이한 엔딩은 생각보다 시시했다. 그때 뒤에 붙어선 미희가 영수의 어깨에 손을 올렸다.

"우리 휴가도 다 끝나가."

그건 앞으로 수많은 선택과 조정과 양보와 타협의 시간을 통과해야 한다는 뜻이었다. 영수가 돌아선 순간 미희의 눈동자에 'Insert Coin'이 깜빡이는 것만 같았다. 영수는 곧 단 하나의 동전을 들고 공략집은커녕 한 번도 플레이해 본 적 없는 게임을 시작해야 하는 기분이었다. 그건 미희도 마찬가지였다. 미희의 어깨너머로 며칠째 완성되지 않은 퍼즐이 보였다. 퍼즐 상자를 보지 못했던 경수는 다 맞추면 어떤 그림일지 조금도 가늠할 수 없다.

전석순

2008년 〈강원일보〉 신춘문예에 단편소설 「회전의자」가 당선되어 등단했다. 2011년 장편소설 『철수 사용 설명서』로 〈오늘의작가상〉을 받았다. 장편소설로 『거의 모든 거짓말』 중편소설로 『밤이 아홉이라도』 소설집으로 『모피방』 등이 있다.

잃어버린 마을

잃어버린 마을

　우리 마을에는 자랑거리가 있어요. 그건 바로 한 번도 마른 적이 없는 샘이에요. 샘을 누가 팠는지, 언제 팠는지, 정확히 아는 사람이 없어요. 칠백 년 전에도 있었다고 하니까, 칠백 살이 넘었겠구나, 짐작할 뿐이에요. 우리 마을 샘은 도대체 몇 살일까요? 일천 살? 일천일백 살?

　우리 마을은 해안가에서 가까워요. 밭에서 바다가 보여요. 그해 겨울에 그들이 불쑥 나타나기 전까지는 농사도 짓고 물고기도 잡으며 사이좋게 살았어요.

에이~ 형님만 그래요? 나도 엄청 잘 뛰어다녔잖아요. 그래서 내 별명이 제주 노루였잖아요
노루는 내가 더 잘 잡는데… 헤헤.
저 아래 굴에 몇 명이 더 숨어 있는 걸 내가 알아요.
오, 그래?
어릴 적에 우리 아버지한테 혼나서 도망다닐 때도 귀신같이 잘 숨었다구. 하하.
ㅋㅋㅋ~
자, 그만 이야기하고 흩어져서 사람들을 더 찾아보자구~!
군인들에게 들킬지 모르니까 조용히 이동해야 돼. 알겠지?
예예.
여기야, 여기!
형님!
하마터면 죽을 뻔했어요.
나도 그랬다니까. 하하.
저는 다들 죽은 줄 알았어요. 엉엉.
자, 이제 흩어진 사람들을 찾아봅시다.
그래, 그럽시다.
하하! 너 용케 살아있었구나.
헤헤.
암튼 이렇게 다시 만나다니.
다행이야!

옹지! 여기 다 있었구나.
애들아, 이제 나와도 된대.
아이고, 세상에! 이게 누구야!
청서

정말 이제 나가도 된다고?
그럼요.
흑흑흑.
동구 형님.
다들 살아있어서 다행이야.
자자, 조용조용! 다들 모였죠?
예예!
몇 명이오? 지금,
그동인 숨어 있느라 고생 많으셨소.
하나 둘 셋… 25명입니다.
군인들이 간 거 같으니 이제 우리 마을로 돌아갑시다.
와! 신난다. 
집에 갈 수 있다고?
집에 가서 어멍이 해 준 밥 먹고 싶다.
하하하.
터벅터벅.
근데 이상하네. 우리 마을이 보일 때가 되지 않았어?
밤이라 어두워서 잘 안 보여.
우리 마을은 해안가 바로 앞이잖아. 쉽게 찾을 텐데.
여긴가?
아니, 저긴 것 같은데.
어허! 아니라니까.

에구구! 힘들어. 지금이 몇 시간째야?
아하, 맞다. 그렇지!
좀 더 찾아보자구.
아즈방들은 먼저 가세요. 난 좀 쉬었다 갈게요.
잔말 말고 따라와.
응?
이… 이건…?
우리 집 숟가락이잖아!

이상하네요. 왠지 빙빙 도는 것 같아요.
그러게~!
왜 집들이 안 보이지? 에구! 우리 마을을 잃어버렸어.

형님! 아무래도 위쪽으로 더 올라가 보는 게 어떨까요?
!
어허~,병구야. 큰일 날 소리하네. 지금 계엄령이야.

해안선 5킬로미터 이내를 벗어나면 총 맞는다구.

슬슬 보니 갑자기 배가 고파지네.
히히!
그동안 한참을 굶었으니…
조심하고! 빨리 와야 한다.
예!
달이 뜨니 이제야 좀 보이네.
꼬르르륵-!
형님! 그럼 제가 밑에 내려가서 멸치라도 잡아올까요?
그래! 지금쯤 멸치가 들어올 때가 됐을 거야.
이건 우리 집 술이야!
예 이건 우리 하룻밤에 쓰던 요강이야.
예!
그래 여긴 우리 집터 같다.
그럼, 여기가 혹시 도둑놈들 소굴이란 말이야?
어떤 도둑놈이 우리 집 사기그릇을 여기 가져다 놨어?
어어… 이상하다.
우리 집 헛간 터와 비슷하네.

그래, 병구야!
멸치 좀 잡았어?

무슨 일 있었어? 응?

여기가…
뭐야! 빨리 말해!

왜 빈손으로 온 거야?
얼굴 표정이 왜 그래?

그게… 형님들…
그러니까…

그나저나 이렇게 모여 있으면 위험하지 않겠어?
그래, 군인들에게 들키기도 쉬울 텐데.

괜찮아! 여긴 해안가야. 산 쪽이 아니잖아. 허허!

그런데 멸치 잡으러 간 병구는 왜 안 오는 거야?
그러게요. 한참이나 지났는데…

맞아. 그리고 우린 산사람들도 아니잖아.
하긴, 그렇지.

어! 저기 온다.

『4·3 표류기』 「잃어버린 마을」 편은 지면 관계상 여기까지만 실었습니다.

칼로 새긴 시 박해람

산벚나무와 물고기

아이가 지릿대로 큰 돌을 흔들자, 물고기들이 튀어나
왔다. 물고기들은 하나같이 무늬들이 있었는데 흐르는
물속에서 용케 떠내려가지 않은 무늬들이 아이는 신기
했다. 아이는 또 학교 생물 교본 책에서 본, 오래된 돌 속
의 물고기 뼈를 떠올린다. 몇억 년을 헤엄치지 않은 물고
기는 지느러미와 꼬리가 사라지고 없었다. 아이는 중얼
거렸다.

"호수의 물들이 몽땅 돌멩이로 들어갔군."

불전사물(佛殿四物)에 속하는 목어고(木魚鼓)를 보면
그 속이 텅 비어있다. 마치 배를 가르고 내장을 모두 빼
낸 물고기를 해풍에 말린 것 같다. 대체로 타악기라면 표
면을 때려 소리를 내겠지만 목어고는 그 속을 때려 소리
를 낸다. 어느 때라도 눈을 감지 않는 물고기의 행태를

빌어 수행자의 잠을 쫓고 혼미(昏迷)를 경책(警策)한다
고 한다.

－물이라는 불면을 알고 있다. 세상의 모든 강은 잠에
든 적이 없다. 고요가 섞여 있지 않은 물소리에는 조금씩
돌이 깎이는 소리가 섞여 있다. 그러므로 모든 물소리는
둥근 모양을 지향한다. 또 흐르는 물에 박혀있는 돌 중엔
끝이 날카로운 돌은 없다. 잠을 자지 않는 돌, 깨워도 깨
지 않는 돌은 물고기들의 집이나 거센 물살이, 저의 물살
을 매끄럽게 다듬는 일에 쓴다. 또 물은 아주 무거운 것
과, 아주 가벼운 것을 분류하곤 하는데 물 밖의 중력에서
단 한 번도 떠오른 적 없는 무게를 살짝 띄울 줄도 안다.
그런 물의 대기권은 천차만별이라 종이 한 장 깊이에서
부터 지상에 솟아있는 구조물보다도 더 깊은 깊이가 있
다. 모든 높이를 일컬을 때 "해발"이라고 한다. 지금까지
적은 이 모든 말들은 다 물고기에게서 채록한 것들이다.
*－(오래전에 쓰던 노트에 물고기 한 마리가 그려져 있고 다소 긴 이
메모가 적혀있었다.)*

점성학에서 물고기자리는 황도 12궁 중에서 제12궁으
로서, 약 2월 19일에서 3월 20일까지의 기간을 관장한다
고 한다. 여기서 "기간을 관장한다."라는 말이 좋다. 모든
기간에서는 식물이 싹을 틔우고 광물은 닳는다. 또 모호

한 시간은 사람의 얼굴에 깃들어 변하고 분명한 시간은 그리움이나 회한이 된다. 늙은 사람은 기간을 수집한 수집가가 되고 어린 사람은 기간을 수집해야 할 수집가가 된다. 책 한 권 꽂혀있지 않은 영혼의 서재처럼 기간들은 분류된다.

사생대회 참석한 아이가 주최 측으로부터 받은 도화지를 들여다본다. 도화지는 투명한 거울 같아서 지나가는 구름을 냉큼 받아 쓱쓱 그려낸다. 그때 부러진 산벚나무에서 물고기가 보였다. 산벚나무는 성근 여름 바람이 지나가는 길목에 서 있었다. 사실 모든 나무는 다 바람이 지나가는 길이다. 여름 이파리들이 성큼성큼 한밤을 지나가는 소리가 열어놓은 문틈으로 들릴 때, 물비린내가 났다.

봄 한철 바람에 부러진 산벚나무로 꽤 여러 마리의 물고기를 깎았다. 조각에는 덧붙이는 방식이 있고 깎아내는 방식이 있지만 손끝이 조악해서 붙이는 방식보다는 깎아내는 방식을 선호한다. 이른 봄부터 나무들 속에는 일제히 물길이 트인다. 흐른다는 말은 아래를 향한다는 말이라서 큰 소리든 작은 소리든 소리가 나지만 오르는 물, 물이 오르는 일은 고요하고 부러진 나무는 그 고요한

소리보다 더 고요하다. 그러다 더 이상 아무런 소리가 나지 않는 나무라면 물고기가 되기에 적당한 나무라는 뜻이다. 깎아놓은 목어는 심심찮게 나뭇결이 갈라지는데, 그건 다 물소리가 완전히 빠지지 않아서 그렇다. 오히려 몇 군데 물의 기억으로 갈라진 것이 더 자연스럽고 좋다.

모양들을 예우한다. 물 한 방울 없이도 물고기라 불리는 목어를, 짖지 않는 개 인형을, 숲도 동물원도 없이 아이와 놀아주는 호랑이를, 활주로가 없는 비행기를, 바람 없는 돛을 단 범선을, 한밤 따끔따끔 빛나는 신의 가호를.

박해람

1998년 월간 〈문학사상〉으로 등단
시집 「낡은 침대의 배후가 되어가는 사내」「백 리를 기다리는 말」
「여름밤 위원회」

정택근의 야생화

두 번째 이야기

솔나리

백합과 Lilium cernuum Kom

정택근의 야생화 이야기_솔나리

추위가 잠시 주춤할 즈음, 남녘으로부터 변산바람꽃, 복수초, 노루귀가 피어나며 봄이 시작됩니다. 이어 너도바람꽃, 만주바람꽃, 꽃다지, 개불알풀, 현호색, 제비꽃이 폭풍처럼 피어나면 전국은 꽃으로 그득하게 됩니다. 5월이 지나며 봄꽃들은 한순간 사라지고 산들에서 꽃을 보기 힘들어질 때, 여름꽃의 알림으로 피어나는 꽃들이 나리꽃입니다.

나리꽃은 종류가 워낙 다양해서 이름을 정확히 불러주기가 쉽지 않습니다. 개략하여 두 가지의 구분 방식을 생각할 수 있습니다.

먼저, 잎이 줄기에 어떤 차례로 달려있는지를 살펴보는 것입니다. 나리꽃의 이름은 '~나리'로 끝나는 것과 '~말나리'로 끝나는 것들이 있습니다. 아래쪽에서부터 꽃이 달린 곳까지 어긋나기로 달리면 '~나리'로 이름을 부릅니다. 그리고 줄기의 아래쪽에서는 부채살처럼 펼쳐나고, 위쪽에서는 작은 잎들이 어긋나기로 달려 있으면 '~말나리'라고 부릅니다. '~나리'가 대다수이지만, '~말나리' 역시 숲그늘에서 종종 볼 수 있습니다.

다른 하나는, 꽃이 어디를 향해 피어있는가를 살펴보는 것입니다. 꽃이 하늘을 향해 있는 하늘나리, 날개하늘나리, 하늘말나리, 누른하늘말나리 등이 있고, 꽃이 옆을 향해 있는 참나리, 노랑참나리, 털중나리, 중나리, 말나리, 섬말나리 등이 있습니다. 그리고 땅을 향해 있는 땅나리, 노랑땅나리, 솔나리도 있습니다.

더하여 특징으로 구분해 볼 수도 있는데, 잎겨드랑이에 까만 구슬 같은 주아가 달린 참나리, 잎이 솔잎처럼 생긴 솔나리, 꽃이 꼴뚜기처럼 생긴 뻐꾹나리가 그러한 것들입니다.

이 많은 나리꽃 종류 중에서 저를 비롯하여 야생화를 사랑하는 이들에게 가장 사랑을 받는 꽃 중 하나가 솔나리입니다.

솔나리는 백합과의 여러해살이풀로 학명은 Lilium cernuum입니다. 경기도, 강원특별자치도, 경상북도와 경상남도의 800m 이상 고지에서 드물게 볼 수 있는 꽃입니다. 세계적으로도 중국과 러시아 그리고 우리나라 등에만 분포되어 있어 환경부에서 희귀종으로 지정하여 보호하고 있습니다.

솔나리는 솔잎을 닮은 가는 잎이 어긋나기로 촘촘히 달려있으며 위로 올라갈수록 짧아지고 좁아지며 털이 없습니다. 꽃은 7~8월에 피며 1~4개 가량의 꽃이 원줄기 끝과 가지 끝에서 땅을 향해 달립니다. 대개의 나리꽃이 붉은 황색인 반면 솔나리는 붉은 자색을 띄고 있습니다.

오래전 친한 벗의 안내로 사랑하는 이와 충청북도 괴산의 1,000m 정도 높이의 이만봉에 오른 적이 있습니다. 별다른 준비 없이 카메라와 생수 하나 들고 올랐는데, 산은 가파르고 무더위에 힘겹게 오른 산정에서 만난 솔나리는 그 자태와 배경으로 펼쳐진 풍경이 더하여 평생 잊

지 못할 아름다운 기억으로 남아 있습니다. 산 아래 계곡 물에 퉁퉁 부은 발의 붓기를 빼며, 힘들어서 두 번 다시 못 오겠다고 서로 이야기했지만, 해마다 이 계절이면 홀린 듯 찾아가곤 했습니다.

나리꽃의 중국식 이름이 백합입니다. 백합이라 하면 흰 꽃만을 연상하는데, 알뿌리가 켜켜이 겹쳐진 모습에서 이름이 유래한 것으로 알려져 있습니다. 아담과 하와

가 하나님의 명령을 어기고 선악을 알게 하는 나무의 열
매를 먹어 에덴동산으로부터 추방당하게 됩니다. 그때
하와가 흘린 눈물이 떨어진 곳에서 자란 꽃이 바로 백합
이라고 합니다. 슬픔이 짙은 곳에서 배어나는 아름다움
이 향기롭다고, 솔나리를 보면 떠오르는 생각입니다.

* 꽃에 대한 상세한 설명은 국가생물종지식정보시스템을 참
조했습니다.

농부, 생태사진작가 정택근

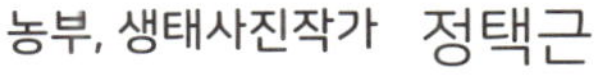

〈늘푸른마을노인요양원장〉, 지적장애시설인 〈예닮원장〉, 〈충청남도노인
복지협회부회장〉 등 역임
https://www.facebook.com/taekgeun.jung/

불씨 하나 품고

여름 이전

일 때문에 일주일 한 번, 두 시간을 들러야 하는 동네가 있다. 그러니 그곳은 일주일이 어제고 오늘이 칠 일째 되는 날이다. 어제는 벚나무 망울들이 수굿하더니 오늘은 꽃잎이 난분분하다. 이 아름다운 풍경이 내겐 하룻밤 사이의 변화다. 이십여 년 전 본 영화를 다시 봤더니 처음 본 듯 새롭다는 걸 안 것도 이즈음이다. 그렇다면 오늘의 벚꽃이 어제를 잊게 할 수 있다는 것인가. 이미 본 영화도 몰라봤으니 먼 인연도 오늘 안에서 새로이 만나는 일이겠다. 어제 만난 것처럼 전화로 살갑게 반기던 친구는 오 년만이었고 그 사이 암이 나의 앎보다 먼저 가까이 있었다. 신은 도처에서 자신의 하루를 쪼개 사람들에게서 믿음을 수거해간다. 친구는 분류된 슬픔에 살아 있다는 기쁨을 채우고 있었다. 항암치료를 잘 마치고 언제 한번 보자고 끊는 통화에서 벚꽃잎들이 휘돌다 몰려 있

는 막다른 턱이 보였다. 꽃잎을 지나치는 일, 그건 영원이 한도를 다해 하루에 머물고 있다는 뜻 같았다.

    일 년 정도 머리카락을 길러 뒤로 묶고 있다. 뒤통수를 쓸어 한 손으로 잡고 다른 손으로 머리끈을 돌릴 때 잡혔다는 느낌. 그럴 땐 단단히 그러쥔 내 머리통이 물건만 같다. 들어서 이리저리 옮겨놓은 지도 몇십 년이니, 쥐여 산다는 게 내게 맞는 표현일지도 모르겠다. 자본주의 사회에서 자유란 완곡하게 구속의 필연이 있어야 가능하다. 쫓기듯 숫자에 질끈 묶여버린 날들, 나는 기왕 만끽하면서 그 숫자를 헤아리며 보냈다. 때론 잡혀주는 것이 잡아가는 것보다 덜 억울한 적도 있다. 능동의 자각이 수동의 순리에 추월당할 때 이따금 고개를 뒤로 젖히고 가만히 있어도 본다. 그럴 땐 아무 잘못 없는 세월이 내 뒷감당을 하는 것 같았다. 머리카락이 길어지면서 느낀 점은 잘 묶이는 날과 그렇지 못한 날이 서로 알아본다는 것이다. 뭔가 치밀어 억센 발음이 속에서 되풀이되는 그때쯤 몇 올이 흘러내려 있다. 그러면서 깨닫게 된다. 머리카락을 기를 수 있는 사람은 덥수룩한 자신을 끝까지 외면하며 독하게 거울을 바라보는 이라는 것을.

간헐적 단식을 떠올리면 저녁 7시가 나를 해치지 않으면서 8시를 앙상하게 한다. 몇 번 시도해봤더니 다음 날 몸이 가벼워 매주 수요일에 실천하고 있다. 이날 일을 마치고 나면 대체로 해장국에 소주 한 병이 간절해 맨숭맨숭 생각을 깐다. 참 이 슬픈일. 지하철 타러 백 미터 식당 골목을 지나는 건 일종의 감동이다. 이토록 식욕을 단련시키다니. 나는 나에게 끌려가 혹독한 수모를 견딘다. 몸무게를 보라고. 숫자가 맹물 한 모금도 마시지 않고 원흉이 되잖니. 배가 고프면 제일 먼저 허기를 대접하는 의지가 가여웠으나 괜찮다. 뱃속의 공복은 나를 가르치기 위해 억누르는 형국이니까. 그래도 저녁 8시 너머는 어김없이 농성에 들어간다. 수요일 밤은 일주일이 모두 가담하는 날이다. 굶어 맑아지자고 강제 집행되는 몸. 길들어져 간다는 건 야성을 다독여 순량하게 시간을 지나게 하는 일이다. 자다가도 입맛을 다셔서, 꿈도 내게 밥 한술 떠먹여 주고 마저 꿔준다.

처음 보는 사람을 그동안 만난 얼굴 중 하나와 겹쳐 보는 습관이 있다. 익숙한 그쯤의 성격일까 싶어서 편견을 그 사람에게 입힌다. 어쩌다가는 착각에서 실제 얼굴을 볼 때도 있다. 잊고 있었는데, 나는 얼굴을 벗고 온전히 그 사람을 입어 본다. 추억의 치수나 치부와는 상관없는 일이다. 얼굴의 겹침 속에는 인상의 질곡이 있고 목소리가 있다. 그것은 내가 만난 모두의 얼굴이 나눠준 잔상이다. 오늘도 새로운 얼굴을 본다. 어쩔 수 없이 보게 된다. 그리고 거듭 내 안에서 얼굴을 찾는다. 그 순간을 위해 수백 개의 얼굴을 수집해온 것처럼. 저마다 비밀을 가리고 나를 스쳐 가는 얼굴들, 알지 못하는 타인에서 다시 구면으로 다가오고야 만다. 그 모든 얼굴이 타원형 비율에 의해 비애의 윤곽이나 연애의 생김새까지 드러낸다. 그것은 내게 엄밀한 민낯이다. 닮아서 너무도 닮아서 뚫

거지게 먼 과거가 들여다보여서, 어쩌면 태어나기 이전까지 내 눈빛이 가닿아서. 저기요 왜 자꾸 쳐다보는 건가요? 그렇게 시작되었었다.

윤성택

충남 보령에서 태어나 2001년 〈문학사상〉으로 등단했다. 시집으로 『리트머스』 『감(感)에 관한 사담들』 산문집 『그 사람 건너기』 운문집 『마음을 건네다』가 있다.

土地토지 이야기

이상진

'철없는 아가씨들', 상의와 금이

철없는 아가씨들은 고된 교련이나 근로봉사, 방공연습, 군수품 가공작업, 기타 수많은 규율에서 놓여나는 순간부터 싱그러운 꽃이 된다. 선택되었다는 자부심, 웬만한 일은 다 통한다는 어리광, 사실 그런 것을 사회는 받아주기도 했다. 상점에서도 그들은 고객이며 환영받는 존재다.

기본적인 반일 감정은 있었겠지만 젊음의 아름다움, 빈곤을 모르는 계층, 그들은 세상이 자신들을 위해 있다는 것으로 착각했고 조선 민족의 1프로에 해당하는 특혜적 존재가 민족에게 그 얼마나 큰 빚을 지고 있는가를 이들은 아직 모른다. 철없는 아가씨들.

-박경리〈토지〉中

『토지』에는 700명 이상의 인물이 등장한다. 모두 개성이 강하고 묘사가 생생하여 함부로 유형화하기 어렵다. 그 당시였다면 어느 장터에서 꼭 만났을 것 같고, 찾아보면 어딘가에 정말 살고 있을 것처럼 느껴지는 탁월한 인물형상화는 이 소설의 가장 큰 매력일 것이다. 모두 작가가 새로 창조한 인물이지만, 동학 장수 김개남을 모델로 한 김개주라는 인물도 나오고, 실존 인물인 강우규 열사가 허구적 인물과 특별한 관계를 맺기도 한다. 그리고 청년기 박경리의 모습을 꼭 닮은 인물, 이상의도 나온다.

진주여고 졸업반이던 1944년 기숙사 연극발표회에 참여한 박경리.(뒷줄 맨 왼쪽). 친구의 전언에 의하면 박경리가 연극대본도 직접 썼다고 한다.

『토지』 1부를 읽어본 독자라면 초반에 월선과 안타까운 사랑을 나누는 평사리 농민 이용을 기억할 것이다. 상의는 바로 그 이용의 맏손녀이다. 정확히는 이용과 임이네 사이에서 태어난 홍이가 허보연과 혼인하여 낳은 딸이다. 1925년생으로 추정되며, 만주에 자리 잡고 사업에 성공한 아버지 덕에 비교적 유복하게 성장한다. 그러나 패물 밀수사건으로 조선에 압송된 어머니를 따라 통영으로 돌아오고, 이후 부모와 떨어져 진주의 ES 여고에서 일제 말의 황민화 교육을 받으며 자란다. 1926년생인 박금이(박경리의 본명)도 고향 통영을 떠나 1940년부터 1945년까지 진주 일신여고에서 공부했다. 상의의 성격적 요소와 학창 시절 이야기는 박경리의 회고와 상당 부분 유사하며, 자전적 소설로 평가되는 중편소설 「환상의 시기」와 비슷한 부분도 있다.

이상의(李尚義)는 문학과 역사를 좋아하는 내성적이고 예민한 여학생으로 그려진다. 단체 생활을 힘들어하고 낯선 환경을 두려워한다. 그래서 소극적인 편이지만 자존심이 무척 세고 불합리한 것은 참지 못하여 주변을 놀라게 하기도 한다. 학창 시절의 박경리도 원래 수줍음을 잘 타서 친구들과도 잘 어울리지 못하였다고 한다. 그 외로움을 달래주는 것은 책읽기뿐. 초등학교 시절부터 책상 밑에 소설책을 숨겨놓고 즐겨봤고, 여학교 시절에도 일본소설과 시, 일본어로 번역된 세계문학 작품을 책방에서 쫓겨날 때까지 읽었다고 한다. 이상의처럼 박경리도 예민하고 자존심 강하며 상처받기 쉬운 문학소녀였던 것이다.

박경리의 회고에 따르면 아버지 박수영은 통영의 새터에서 화물차 차부를 운영하였고, 만주로 건너가 신경에서 목재상도 하고 자동차 서비스 공장도 했으며, 제남에서는 영화관을 운영했다. 이 내용은 상의의 아버지 이홍의 서사에 그대로 반영되어 있다. 또한 허보연이 금붙이를 가지고 있다가 신경에서 체포되어 조선으로 압송되어 온 사건은 박경리가 기억하는 기봉이네 밀수사건과 거의 유사하다. 그런가 하면 『토지』에 등장하는 진주 ES 여고의 일본인 선생의 이름과 외모는 당시의 기록과 일치한다. 피부가 고와 학생들의 관심 대상이 되었던 국

박경리의 진주여고 시절. 친구와 함께

어 선생 이노우에(井上)는 데메킨(出眼金)이라는 별명을 가진 것으로 나오는데, 진주여고 60년사를 기록한 『一新六十年史』에서 동명의 일본인 선생 사진과 별명을 확인할 수 있다.

상의를 중심으로 한 진주여고 이야기는 제5부에서 집중적으로 길게 서사화된다. 마지막 편에서는 그녀의 졸업과 해방이 "빛 속으로!"라는 제목과도 연결되어 하나의 독립된 서사로 떼어 읽어도 좋을 정도이다. 그렇다면 이 긴 소설의 마지막에 박경리는 왜 굳이 자기를 닮은 인물을 등장시켜 그 시절을 공들여 서사화한 것일까?

진주여고는 원래 민족주의 의식이 강한 학교였다. 그러나 박경리가 입학할 무렵엔 한일공학이 되어 내선일체 교육을 시켰다. 일본인 교장과 일본인 선생 밑에서 일본 학생과 함께 공부하고 일본어로 수업을 받아야 했던 것이다. 또 당시에 태평양전쟁을 치르고 있던 일제는 학생들에게까지 군사훈련과 강제 노동을 시켰다. 교복 대신 몸뻬를 입고 두건과 검은 토시를 한 채, 벼, 보리를 베고 폐품을 수집하며, 전쟁터에 나가는 군인을 위해서 센닌바리(千人針)를 만들기도 했다. 연극을 해도 간첩을 잡는 내용이고, 수시로 합동방공연습을 했다. 수업 대신 간

호학 강의를 듣고 간호 실습을 하며, 한밤중에 차출되어 주먹밥을 만들기도 했다. 이 경험은 『토지』의 상의와 진주여고 학생들 모습을 통해 생생하게 그려진다.

서술자는 "뭔가 쏟을 곳 없는 분노, 반항심이 마음속에서 늘 일렁이고 있는 사춘기의 여학생"이라 표현하지만, 이 어린 소녀들에게서 대단한 저항의 흔적은 발견되지 않는다. 조선인과 일본인과의 문제에 대해서 민감하게 반응하고 천황 숭배를 외치는 일본 선생을 보고 웃어주며, 일본 천황 사진이 있는 호안덴(奉安殿)에 똥을 싸거나, 화장실에 '조선 독립 만세'가 써 있다는 소문에 흥분하는 정도이다.

오히려 수업을 빼먹고 간호 실습 나가는 것을 해방이라 좋아하고, 신사참배 나온 남학생들을 흘낏거리며, 합동방공연습이라는 "살벌하기 짝이 없는 행사"를 할 때도 "로맨틱한 감정의 물결"이 인다. 그런가 하면 '리노이에 쇼기'로 창씨개명을 한 상의는, 일본인 고급관리 마을에 사는 여학생 호시노(星野)에게 특별한 친밀감을 느낀다. 또 전쟁에 나가는 일본인 선생을 보고는 눈물까지 흘린

다. 기숙사 생활을 그리면서는 일제 말의 경제적 어려움 속에서도 사재기하고 일부 값비싼 물건들에 대해 호기심을 가지는 사춘기 소녀들의 모습을 가감 없이 보여준다. 아무리 식민치하라지만 상의도 그 친구들도 그저 순진무구한 소녀, 박경리의 냉정한 표현을 따르자면 '기본적인 반일 감정' 이상을 가지지 못한 '철없는 아가씨들'이었다.

박경리를 포함한 이 소녀들은 사실상, 식민지화와 해방의 과정에서 가장 큰 정체성 혼돈을 겪은 세대였다. 이들은 식민화된 조선에 태어나 일본어와 일본문화 교육, 일본인 선생, 일본인 친구로 둘러싸여 학교생활을 했다. 10대 중반의 피교육자이자 피식민자들이 우리 고유의 정서와 문화, 언어와 감성을 지켜낸다는 것은 결코 쉬운 일이 아니었다. 이 때문에 작가는 이 청춘들을 '철없는 아가씨들'이라고 표현하고, "얼마나 큰 빚을 지고 있는지" "아직 모르"고 있다고 썼다. 아마도 이것은 박경리가 자신의 과거, 그 미성년기를 향해 내뱉은 안타까운 고백의 표현이기도 할 것이다.

화가 김덕용의 〈결-동행〉, 박경리 1주기 특별전(2009)에 전시된 것으로 박경리의 유년기 모습이 담겼다.(현대갤러리)

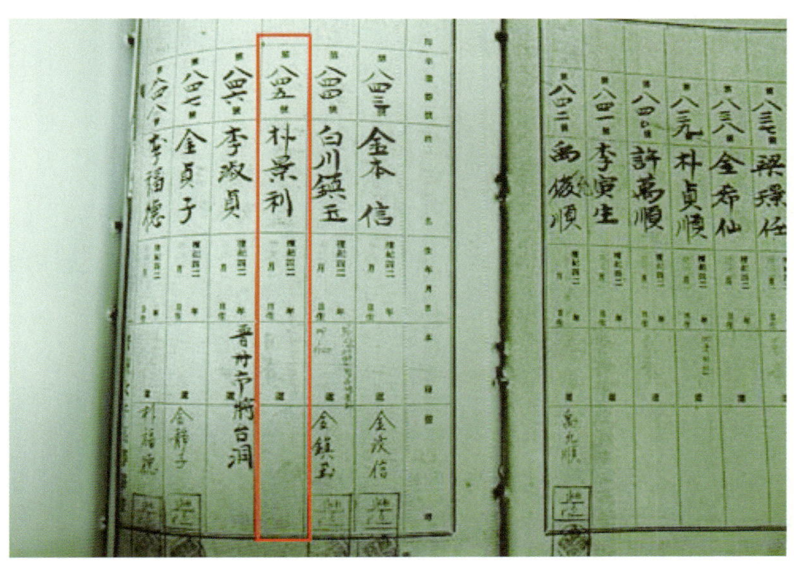

진주여고 졸업대장. 당시 학적부는 전쟁 중 소실되어 졸업대장만 다시 제작되었다.
박금이 대신 필명인 박경리가 명단에 있다.

1945년 3월, 박경리는 진주여고를 졸업했다. 졸업생 137명 중 29명이 일본인이었다. 그리고 해방을 맞았다. 해방이 되자 바로 일본어 이름을 버리고, 일본인 선생을 쫓아내고 일본인 여학생을 좋아했던 감정을 감춰야 했다. 자기 속에 남아 있을지도 모를 친일적인 정서, 추억과 기록은 모조리 몰아내야 했다. 여리고 힘없고 순진하던 시절의 기억은 철저하게 떨쳐내고 반성하지 않으면 안 될 부끄러운 기억이 되어버린 것이다. 박경리가 그린 상의 이야기는 그 기억과 자각의 거리가 얼마나 무섭게 반성을 강요했는지를 비로소 돌아보게 만든다.

『토지』 완결 후 가진 인터뷰에서 박경리는 일제 강점기에 태어나 자랐지만, "일본에게서 배울 것이나 가져올 것이라고는 아무것도 없었"다고 강조했다. 그 몇 년 후에 일본의 젊은 평론가의 방문을 받고는 "나는 철두철미 반일 작가입니다."라고 자신을 소개했다. 이미 『토지』 4부에서 일본론을 써보이겠다고 선언하고 이를 의도적으로 드러내 보였으며, 수많은 에세이에서 일본에 대한 비판을 쏟아놓은 상태였다. 『토지』는 "소설로 쓴 일본론"이라는 평가를 받았고, 그렇게 박경리는 노골적으로 반일 감정을 드러낸 작가가 되었다.

그리고 삶을 마감하기 전까지 혼신을 다해 쓴 글에서는 다음처럼 고백하였다.

나는 1926년 일제시대에 태어났고 1946년 20세 때 일본은 이 땅에서 물러갔다. 그러나 일본어 일본문학에 길들여진 나는 그 후에도 꽤 긴 세월 지식을 일본 서적에서 얻은 것은 사실이다. 왜 이런 말이 필요한가 하면 오늘날 일본긴들 60대가 가지는 기본적인 일본문화에 대한 인식이 있다는 얘기며 나 자신이 공평함을 잃어서는 안 된다는 다짐 때문에 나 스스로 나를 점검해 본 것이다. 오히려 내 시각과 판단과 기준에 정직할 수 없는 흔들림조차 있다.

민족적 감정 때문에 사시(斜視)가 되어서는 결코 안 된다는 염려 때문이다. 그것은 내가 사시가 된다면 일본의 그 엄청난 사시에 대하여 논할 자격이 없어지기 때문이다.

(박경리, 「일본산고 5 – 출구가 없는 것」)

"일본어와 일본문학에 길들여진" 감성을 자각하고 걷어내는 동시에, 일본인처럼 타민족을 무조건 비하하고 밀어내는 "사시(斜視)"가 되지 않기 위해 저항한 흔적, 그 흔들림, 박금이와 이상의의 이야기가 주는 메시지이다.

이상진

한국방송통신대학교 국문과 교수
저서 : 『토지 인물 사전』 『토지 연구』
『캐릭터, 이야기 속의 인간』
『한국근대작가 12인의 초상』
『한국현대소설의 관습과 전략』 외

법과 이야기

녹나무 한 그루 키우기

전 형 호 법무법인 〈새록〉 변호사

생전에 특별한 조치 없이 생을 마감하는 경우 유산은 민법에 따라 '상속'됩니다. 그런데 상속은 종종 분쟁으로 비화됩니다. 2022년 기준으로 우리나라 사망 인구수는 약 35만 명이었는데, 상속재산 분할심판청구와 유류분 반환청구를 합한 상속 관련 분쟁은 총 4,648건에 달하였습니다. 사망 인구수 대비 약 1.3%로, 돌아가신 분 100명 당 1명 이상의 비율로 상속 관련 분쟁이 발생한 것입니다. 남길 자산이 없는 나이대의 사망 인구수를 제외하면, 그 비율은 2배 이상으로 늘어날 것입니다.

이처럼 상속으로 인한 분쟁이 상당하기에, 많은 분들이 인생을 마무리하는 시기가 되면, 그동안 일구어 온 자산을 후세에 남기는 방법을 고민하게 됩니다. 제 의뢰인 중에서도 생전에 자손들에게 자산을 나누어주는 방법을 고민하시고, 상속세가 많이 나오느냐 증여세가 많이 나오느냐 등을 문의하시는 경우도 많습니다. 그런데 세금 문제는 차치하더라도, '생전 증여' 역시 증여 방식의 결

녹나무

정, 자손들 사이의 이해관계에 따라 분쟁으로 비화될 가능성이 상당히 크고, 자손들 간의 불화를 직접 목도하는 아픔을 겪기도 합니다.

'생전 증여'로 인해 삶의 참담함을 겪은 인물의 대명사는 리어왕입니다. 슬하에 세 명의 딸을 두었던 브리튼 왕국의 리어왕은 "후일 분쟁의 씨를 지금 제거하기 위해서, 내가 살아 있을 때 딸들에게 각각 나누어 줄 재산을 발표하겠소."라고 선언합니다. 그는 세 딸들에게 '누가 제일 나를 사랑하는지 말해보라.'고 합니다. 큰딸 고너릴과 둘째딸 리건은 눈보다, 자유보다, 진귀한 어떤 것보다, 생명보다 아버지를 더 사랑한다는 감언이설로 왕국

리어왕

의 1/3을 받았지만, 막내딸 코딜리어는 '마음을 입에 올려 말할 줄 모른다.'라고 하면서 '낳아주고, 키워주고, 사랑해 주신 은혜에 보답하기 위해서 아버지를 사랑하고, 존경하지만, 만일 결혼을 하게 되면 남편이 사랑의 절반을 가져갈 것이므로 아버지만을 사랑할 수는 없다.'고 정직하게 말합니다. 리어왕은 코딜리어의 대답에 분노하여 막내딸 몫이었던 왕국 1/3을 두 언니에게 나누어 줘버립니다. 하지만 왕국을 상속받은 두 딸은 리어왕을 홀대하기 시작하였고, 결국 리어왕은 황야로 쫓겨나 미쳐

버리고 맙니다. 이 사실을 알게 된 코딜리어는 두 언니와 전쟁을 벌이지만 오히려 포로로 잡혀 살해되고, 코딜리어의 죽음을 알게 된 리어왕도 슬픔에 빠져 죽고, 나머지 두 딸들도 연적이 되어 싸우다가 독살과 자살로 생을 마감합니다. 리어왕은 자신의 사후 분쟁의 씨를 제거하겠다고 하였지만, 생전 증여의 방법을 잘못 선택하는 바람에 딸들과 자신의 생명까지 잃어버린 비극의 주인공입니다.

리어왕과 코델리아의 죽음

셰익스피어의 수많은 작품에서 늘 촌철살인의 주인공으로 등장한 '광대'는 『리어왕』에서도 다음과 같은 말을 합니다. "아비가 누더기를 걸치면 자식은 모르는 척하지만, 아비가 돈 주머니를 차고 있으면 자식들은 모두 다 효자지." 참 씁쓸한 대사지만, '생전 증여'로 인한 불화의 단면을 짚어낸 말이기도 합니다.

사후에 후손들 사이의 불화와 분쟁을 최소화하는 방법 중 하나는, 삶을 마무리하기 전에 '유언'을 미리 작성하여 유산을 정리해 주는 방법('유증')입니다. 물론 유산을 나누는 비율은 법으로 정해진 유류분과 기존에 증여했던 재산의 가액까지 고려하여 적절한 비율로 정해야 합니다. 그래야 추가 분쟁을 미연에 방지할 수 있겠지요.

이런 유언은 삶을 마무리하기 전이라면 언제든 할 수 있지만, 가장 '온전한 정신'으로 한 유언이어야 비로소 진정한 마음을 담을 수 있습니다. 고사성어 '결초보은結草報恩'의 유래는 다들 잘 아실 겁니다. 춘추시대 진나라 사람 위무자는 병에 걸리게 되자 아들 위과에게, 자신이 세상을 떠나면 자신의 애첩을 꼭 개가改嫁시켜 주라고 미리 '유언'하였습니다. 하지만 그 뒤 병이 위독해져 곧 죽음을 맞이하게 된 위무자는 애첩을 순장殉葬시키라고 '유언을 변경'합니다. 위무자가 세상을 떠난 후 아들 위과는 어떤 유언을 따를까 고민합니다. 위과는 고민 끝에 '사람은 병이 위독하면 정신이 혼미하게 된다. 나는 아버지의 정신이 맑을 때의 유언을 따를 것이다.'라고 말하며 위무자의 애첩을 개가시킵니다. 이후 위과가 전쟁에 참여하였다가 위기에 빠졌을 때, 애첩의 아버지가 자기 딸의 순사殉死를 면하게 해 준 은혜에 보답하기 위해 풀을 묶어 적을 넘어지게 하여, 위과가 승리를 거둘 수 있게 해 주었다는 고사입니다.

위무자는 '순장시키라는 유언'도 애첩을 사랑하는 마음에서 남겼을 겁니다. 죽어서도 애첩을 곁에 두고 싶은 비뚤어진 사랑의 발로일 테지요. 하지만 아버지의 평소 모습, 아버지의 평소 가치관을 이미 헤아린 아들이었기에, 아버지가 온전한 정신일 때 진정한 사랑의 마음을 담아 일러두었던 '개가시키라'는 유언을 집행하여 한 여인의 생명뿐만 아니라 자신의 목숨까지 살리게 되었고, 더 나아가 아버지의 '명예'까지 높이게 된 것이라고 생각합니다.

히가시노 게이고의 『녹나무의 파수꾼』

유언은 단지 유산의 분할방법을 정하는 딱딱한 계약서가 아니라, 후손에게 마음을 전하는 '편지'의 역할도 하는 것 같습니다. 히가시노 게이고의 『녹나무의 파수꾼』에는 흥미로운 이야기가 나옵니다. 주인공 레이토는 어느 신사神社의 영험한 녹나무를 지키는 일을 하게 됩니다. 그 녹나무에는 많은 사람들이 기도를 하러 오는데, 알고 보니 그 녹나무는 세상을 떠난 사람의 염원을 후세에 전달하는 능력을 가진 나무였습니다. 그믐날 밤에 녹나무 안에 들어가 누군가에게 전하고 싶은 것을 염원하면, 녹나무는 그 염원들을 하나하나 듣고 간직해 두었다가 보름달이 뜰 무렵 그동안 품어 놓았던 염원을 뿜어내는 것입니다. 그때 녹나무 안에 들어가면 자신에게 남겨진 염원을 들을 수 있는데, 혈연관계인 사람 사이에서만 가능합니다. 이런 사실을 레이토에게 알려 준 노인의 말을 빌리자면, '언어의 힘에는 한계가 있다. 마음 속에 있는 생각 모두를 언어만으로 전달하는 것은 불가능하다. 그래서 녹나무에게 맡기는 것'이라고 합니다.

현실에 이런 나무가 있다면 정말 좋겠지만, 현실 속의 우리는 마음속에 있는 생각을 언어로 전달할 수밖에 없습니다. 저는 이 지점에서, 삶과 죽음의 경계에서 깊게 성찰한 마음을 언어로 남기는 것이 바로 '유언'이라고 생각합니다. 녹나무가 전하는 염원은 혈연관계인 사람에게만 전달되지만, 유언은 혈연과 무관하게 마음을 전하고 싶은 소중한 사람 누구에게나 전달될 수 있습니다. 녹음이나 녹화 방식을 이용하면 더욱 생생한 마음을 전달할

수도 있습니다. 유언에 자신의 생각을 언어로 담는 데는 한계가 있지만, 온 마음을 담아 쓴 유언은 언어의 한계를 넘어 유언을 전달받는 사람의 마음까지 울릴 수 있고, 그렇게 전달된 마음은 혹시 있을 수도 있었던 분쟁의 불씨도 꺼뜨릴 수 있다고 생각합니다.

저는 최근 친한 친구의 유언을 작성하고 관리해주는 업무를 의뢰받았습니다. 긴 시간 상담을 해보니 아직 40대 후반인 그 친구가 이른 나이에 유언을 작성하려는 가장 큰 이유는, 아이가 아직 어려 많은 얘기를 나누지 못했는데 자신이 돌연사하거나 갑작스러운 일로 정상적인 사고思考를 하지 못하게 되면, 자신의 생각이나 마음을 아이에게 알려 줄 방법이 없다는 거였습니다. 그러면서 그 친구는 앞으로 평생, 때때로 유언을 수정하고 추가해 나갈 테니 도와달라고 하였습니다. 저는 생각해 보지도 않았던 친구의 죽음을 직시한 생경함과 친구의 속 깊은 마음을 동시에 느끼며, 흔쾌히 의뢰를 수락하였습니다. 저는 '녹나무' 한 그루를 키우는 마음으로 친구의 유언 작성을 돕고 유언집행자의 역할을 수행하려 합니다. 그리고 조만간 저를 위해서도 녹나무 한 그루를 키워보려고 합니다.

전형호

서울대학교 법학과, 서어서문학과(대학원)
(현)법무법인 〈새록〉 변호사 _02.6953.7060
hhjeon@saerok.co.kr

핀란드産 의자

박 정 석

바퀴가 없다
등받이가 없다
천사의 골반뼈가 묻혀 있다

맞춤형 달걀 삶기

맞춤법을 틀리는 아빠에게 우리 아빠가 맞냐고 묻는다면
달걀 삶는 모습을 보여주겠습니다

편수 냄비에 찬물을 반쯤 채우고 물을 끓입니다
달걀 세 개를 냉장고에서 꺼냅니다
손이 데지 않도록 국자에 담아 한 알 한 알 조심스럽게 넣습니다
태엽 타이머를 8분으로 설정하고 벨소리가 울릴 때까지 기다립니다
목적지가 아직 남은 여행자처럼 의자에 앉습니다
의자가 모자라면 무릎 위에 뾰족한 엉덩이를 앉힙니다

달걀이 먼저일까요 사랑이 먼저일까요
달걀도 사랑도 둘 다 끝이 없는 과정입니다
우리 아빠가 맞냐고 묻는 허기 속에서
부드럽고 촉촉한 달걀을 맛볼 시간입니다
데시벨은 높아지고 과장이 동반됩니다
모든 것을 노력과 실천이라고 부릅시다
잘 삶아진 달걀을 굴리며 환호 지르기
군고구마 먹는 척
껍데기가 쌓여 접시 위에 패총을 만듭니다

기쁨이 적은 아빠에게 진짜 우리 아빠가 닷냐고 묻는다면
소금 찍은 달걀을 한입 넣어 줍니다
빛의 속도로 환하게 열리는 입속에서 빛으 입자가 반짝입니다
비슷하게 생긴 어금니들이 소란스레 부딪히다 잠잠할 때까지
삶은 달걀을 사랑하자고 주문을 외웁니다

박정석

2004년 〈현대시〉 신인상 등단.

재명

최 은 묵

그를 무슨 색이라 단정하지 마세요

보도블록 금을 밟으면 혼나는 나이는 지났습니다

소화제 두 알을 귀에 넣고 다니면 뉴스도 금방 녹아버리는 걸 몰랐다고
요?

색깔로 하루를 기록하는 방법은 낡았잖아요

물고기 눈을 닮은 소식을 오래 기다렸죠

정오가 지나면서 조금씩 구부러지는 소문들

그늘을 접어 집을 짓는 사람들에게 벽보는 휴식이 되질 못해요

그림자끼리 자리를 바꿔도 날씨는 관심이 없죠

입춘 바람에 눈썹이 얼 수 있다는 걸 오늘 알았어요

개미가 바닥과 땅속을 오가는 이유는 더 이상 묻지 마세요

주머니에서 꺼낸 소리들은 눅눅해서, 식어버린 컵라면 국물처럼 미끈거
려서

오늘만큼은 그를 따뜻한 색으로 불러줬으면 좋겠네요

휘어지지 않는 표정을 처음 보았습니다

재밌어야 하는데 말입니다

#1. 세발자전거의 오후 : 옷걸이의 자세로 늦은 점심을 먹는 중년 남녀를 보며 혼자서 식당 밥을 먹었습니다.

#2. 입동을 피해 귀가를 하는 물고기 : 어항 속 고래는 벌써 잠이 들었나 봅니다. 고래의 잠꼬대로 채워진 거실을 해풍으로 가득 채웠습니다.

#3. 아물지 않은 소독약 냄새 : 어제 읽다 만 소설책을 또 덮지 않았나 봅니다. 벽과 천장에 글자들이 달라붙었습니다.

#4. 우산의 뒷모습 : 머리카락에 매달린 이름들은 물을 뿌리지 않아도 잘 자랍니다. 이름끼리 붙었다가 떨어졌다가 꿈이 되기도 하고 사탕이 되기도 하고 우주선이 되기도 합니다.

#5. 고래 : 아무리 조합해도 친구의 이름을 만들지 못했습니다.

#6. 형광등을 끄면 철창이 되고 : 벽이 사라집니다. 벽이 자라납니다. 벽이 사라졌습니다. 벽이 두꺼워졌습니다. 밤이 까만 이유는 메아리가 깨어났기 때문입니다.

#7. 우리 아기 잘도 잔다 : 불면은 즐겁습니다 02시 47분은 04시 23분과 똑같습니다. 벽에 붙어 있는 글자를 떼어 어제 읽다 만 소설을 마저 읽습니다. 사흘을 깨어 있으면 두 시간을 잘 수 있습니다.

#8. 꿈 : 바닥은 파내도 파내도 바닥입니다. 공주시 남남서쪽 12km 지역에 지진이 발생했습니다. 이불은 무거울수록 안전합니다. 전기장판의 온도를 한 칸 낮췄습니다.

#9. 잠깐 고향 별에 다녀오겠습니다 : 몽유병은 아닙니다만,

#10. 하루치 남은 알약 : 밤에 다녀간 아침은 나의 아침이 아닙니다. 다 읽지 못한 소설책 속에 고래를 옮기고 옷장에서 화요일의 얼굴을 꺼내 입습니다. 고래를 피해 글자들이 헤엄칩니다. 이번 페이지는 심심하지 않을 겁니다.

최은묵

2007 월간문학, 2015 서울신문 신춘문예.
시집 『괜찮아』 『키워드』 『내일은 덜컥 일요일』
〈수주문학상〉 〈천강문학상〉 〈제주4·3평화문학상〉

외출

이 실 비

발바닥에 오일을 발랐어 그리곤 방 안을 마구 걸어다녔지

힘껏 미끌거렸다 그러고 넘어지면 되게 좋아
넘어진 이유가 타당한 것 같잖아?

당연하다는 말을 좋아했지 동지에 팥죽을 먹는 것처럼 살고 싶어 쫓아낼 것들을
세어가면서 동네를 지키는
개와 새와 쥐들도 열심히 세어가면서

그들을 위해 따듯한 물을 그릇에 담아 매일 집 앞에 가져다 두었지 겨울에는 금
방 얼어붙는 게 많고

오일 지나간 자리가 굳었을 때

쪼그려 앉아
아홉 개의 발톱에 투명한 매니큐어를 칠했다
잃어버려도 걸을 수 있다던 사람을 생각하며 빠진 발톱 자리를 만져봤다

그 발톱 하나
아직 서랍에 있고

이제는 나팔꽃 화단에 묻어주자

몸을 일으킬 때

당연히 뒤로 넘어졌지

주저앉는 소리
듣고는
나팔꽃이 나에게 먼저 걸어오기 시작했어

솔

버려진 인형
그 위에 얇게 쌓인 촘촘한 거미줄을 조심히 떼어내 입습니다

집을 나서

우산을 열어젖히면
머리카락 몇 가닥과 가느다란 비명이 우산살에 끼입니다

살금

달팽이가
번식하는 이웃집으로 갑니다

이웃이 우수수 떨어지는 금잔화 잎을 손으로 쓸어담는 동안 달팽이가 그의 집을
먹어 치웠습니다

이웃은 이제 마당에 고인 물로 목을 축이고 있습니다

이곳에 더 남아있기 위해 꼭꼭 넘겨 삼키는

비
비
비

나는 아파본 적도 없이 아는 척할 순 없지만
거미를 건넬 수 있어요

지붕 위에 얹으면
같이 눈물짓는 그물

이실비

2024년 서울신문 신춘문예 당선

화해 / 고하은

내가 먼저 풀어본다

굳게 닫혔던 우리 마음

제주 효돈중학교 2학년

자궁

/ 박해경

어머니 품속 어딘가에서
열 달을 자리 잡고 살았다

정해진 시간 나를 훅 떠나보내고
외로운 섬이 되었다

2014년 〈아동문예〉 동시 신인문학상. 동시집 『우끼가 배꼽 빠질라』 외 3권. 디카시집 『가장 좋은 집』
〈황순원디카시공모전〉 대상 수상. 〈한국안데르센상〉 동시 부문 최우수

달팽이 / 송 문 희

한 짐 가득 쌓은 집
기어갈 날 아득하나

천만 근 무게는 즐거운 고행일까

끄는 이 굽은 등은
누군가의 생각이 흔들리는 지점

2004 계간 〈시와비평〉 등단. 〈두레문학상〉 수상.
한국문인협회 밀양지부 편집장. 부산가톨릭문인협회.
〈두레문학〉 편집위원.
시집 『나는 점점 왼편으로 기울어진다』 『고흐의 마을』

틈

/ 염 진 희

바닥에서 시작된 생명
푸르른 얼굴로 인사해요

나를 살아있게 하는 배려에

고맙습니다

〈한국디카시인협회〉 서울 중랑지회 정회원, 〈디카시 마니아 회원〉

웃음꽃

/ 유 다 현

하루 종일 눈물을 쏟다가

이젠 괜찮아진 듯

다시 미소짓네

제주 효돈중학교 3학년

귀

/ 이 지 환

시끄럽다

입처럼 말해서

내 말도 들어주면

좋겠다

제주 효돈중학교 2학년

요즘 가족 / 정사월

피부색은 물론
보는 것 먹는 것
생각하는 것도 달라

그래도 함께 사는
우리는

2011년 〈자유문학〉 신인상 등단, 2022년 〈이병주하동국제문
학제〉 제8회디카시공모전 수상, 디카시집 『하늘카페』, 경북도
민일보 〈정사월의 디카시〉 연재 중

블루홀
/ 허 숨 비

튜브 하나 띄워놓고

둥둥 떠다니고 싶은

블랙홀도 화이트홀도 아닌

시원한 호수 같아서

제주 효돈중학교 2학년

콩나물

김 대 봉

아랫목 같은 손길로 하얘진 바가지 물

콩깍지
제대로 씌인
무럭무럭 사랑으로

단 한 번
생 곯지 않게
밑빠진 독
지나다

베르테르 연인

박 소 미

스위치를 내리면 텅 빈 방은
지지 않는 나팔꽃처럼 피어나요

라이브 카페에서 단숨에 따라 부르던
도돌이표가 폭죽처럼 찬란해져요

뭉쳐 있던 부케가 누군가의 손에 말랑해져요

내가 아는 남자는 강가의 별을 감상해요
천장 가득 야광 스티커를 떼어 심장에 붙여요

활짝 웃는 당신 생각에 나뭇잎을 털고
이른 여름을 삼켜요
간신히 매달린 나비처럼
불기둥에 들뜬 이마가 눈물이 나요
초원의 들꽃은 자꾸 흩날리고
사라진 연기 속에 절창하는 말매미가
뜨거움을 말려요

서로 바라본 그날처럼
사랑할 두려움과 많은 슬픔을 허공에 날려요

그는 어둔 암막 안에 붉은 수수꽃처럼
우수수 환해져요

2009년 〈유심〉 시, 2020년 〈다층〉 시조 등단. 2010년 〈영주일보〉 신춘문예
시 부문 당선. 시집 『테마가 몰려온다』 『내 고고학의 한때』 외 다수

2020년 〈시문학〉 등단, 2021년 〈월간문학〉 수필 등단

전부의 여름, 여름의 마디

수 경

약간의 어둠이 깃들인 떡갈고무나무의 가지를 젖혀 연초록을 담는다 모두의 여름에는 우기가 있고 타인의 계절에는 습한 숲이 없어 보인다 늘 웃는 나에게도 나뭇잎의 뒷면이 있어 계절병을 앓는다 그늘을 따라가다 보면 그물망을 펼친 잎맥이 있고 빛은 길을 비추기도 하고 가리기도 한다

유심히 지켜봐 주는 나무가 내게는 있다 마디를 소환하면 여름은 의뭉한 생각으로 울창하고 부패하기 좋게 짙어진다 무기력이 노랗게 뜨면 들키기 위해 우는 사람들처럼 목을 놓아 이파리처럼 운다 수장된 시체들이 수면으로 떠오르기 시작할 즈음 카메라는 여름 마디마디를 잡아낸다

소강상태였을 때 나무가 일러 주었다 너도 여름의 한 조각일 뿐이라고 썩은 나무에 우후죽순 솟아나는 이름 모를 버섯 같은 생물종의 하나일 뿐이라고

나에게서 썩은 냄새가 난다

꺾꽂이하기에 딱히 좋은 계절은 아니지만 잘못 접어든 길의 한 토막을 잘라내는 심정으로 마디를 잘라 삽목한다 뿌리가 내리기도 전에 여름은 목까지 차오르고

여름의 일부가 되어 초록을 답습하느라 여념이 없다

2020년 〈시인광장〉 신인상 수상. 2023년 경기문화재단 기금 수혜
시집 『딸기독화살개구리』

공그르기

유 정

어제는 하루 종일 바람이 바다로 떨어지고
오늘은 빗방울이 쓰러진 이파리들을
다복다복 쓰다듬지

춥고 설운 겨울을 뚫고 봄볕이 깨어날 무렵이면
노랑의 이름들이 바다로 내려와 목이 터져라
떠나가 버린 사랑을 부르곤 하지
꽃잎아, 이파리야, 바람아,
수백 개의 떠돌던 아픔들아,

탱탱해진 볕살이 상처가 깊은 사람들 눈빛에 닿으면
풋잠 들었다 눈을 뜬 아기 새 노래처럼 새살이 돋고
기억의 창에 걸어 둔 꽃의 발자국들 지워버릴 수 있을까
벚나무 꽃잎처럼 한 겹씩 환해질 수 있을까

누군가 그랬지 상처는 꽃을 덧대면 아물게 된다고
느닷없이 휘몰아친 이별이 하염없어 눈물이 나면
피는 꽃 지는 꽃을 꿰어 공그르기* 했지
사월의 꽃그늘을 떠다가 아픔을 바느질 했지

없었던 것처럼 꿰맨다고 바다로 침잠한 이름이
돌아오지 않아
슬픔은 양파 같아서 시간을 벗겨 낼수록
눈물이 흐르거든
흉터로 고여 있다 누군가 건드리면 툭 터져버리지
느닷없이 불어온 바람에 와르르 떨어진
사월의 꽃잎처럼

*바늘땀이 겉에 보이지 않도록 속으로 떠서 꿰매는 것

2008년 계간 〈문파〉 등단. 한국문인협회, 한국가톨릭문인협회, 경기시인협회 회원. 계간 〈문파〉 편집위원. 수필집 『발자국마다 봄』 시집 『바람의 문장』

행신동 맥도날드

이 만 영

누군가 쥐여준
'왕국으로 간다'라는 전단지

저승이라는 후생의 문턱
그 알쏭달쏭한 꾐수

우리는 죽어서 그곳에 모일 것인가

횡단보도 한가운데
운석 덩어리가 떨어져 길을 막는다면

누가 저 돌덩어리를 치워줄 텐가

예기치 못한 정전
오늘 아침은 햄버거와 커피

빵에서 들려오는 소 울음
까도 까도 끝없이 나오는 양파의 추문 쪼가리
빵과 패티 사이
등 굽은 새우 몇 마리

동창생 아들 결혼식에서 본
20년 만의 친구

너털웃음이 떠올라 전화해보니
미국으로 이미 출국했다는

아름다운 계절이라며
화창하게 웃던 넙데데한 얼굴들
요단강 건너 천국으로 훌쩍
떠나버린 것일까

최후의 날부터 최초의 날까지
눈 부릅뜨고 지켜본다

흐드러지게 필 목련의 아침을

웹진 〈시인광장〉 제8회 등단

바람의 재발견

이 우 디

이 계절은 곧 이륙합니다

창마다 활짝 핀 꽃들의 주관은 무시
무단 침입 시도한 엄마는 미수

광고 수신 동의에 체크하고 무시한 나처럼
붉은 연지 비로도 치마가 무색한 엄마처럼

장밋빛 하늘 임대한 그들만의 세상은 냉정합니다
집 나간 상상은 아무것도 증명하지 못하지만

조형 MRI 검사 안내서에 사인하고 까먹은 어제처럼
전자레인지 가슴에서 터져버린 오징어 속살처럼

계절이 없는 여자는 객관적
달도 별도 외면한 난기류입니다

벙거지 깊게 눌러쓴 바람은 바깥만 애정하는 바람
돌아올 생각 없는 듯 환한 소문만 소복합니다

식탁 모서리 허울 벗은 아바타는 헐벗은 아버지

금이 간 여자는 계절의 식탁을 차립니다
화법은 하얀 침묵

밤이 내리면 이 계절은 회항하겠습니다

2014년 〈영주일보〉 신춘문예(시조), 2014년 〈시조시학〉, 2019년 〈문학청춘〉
시, 2019년 〈한국동시조〉 등단. 시집 『수식은 잊어요』 시조집 『썩을,』『강물
에 입술 한 잔』『튤립의 갈피마다 고백이』. 제12회 〈시조시학〉 젊은시인상
(2018), 제15회 〈열린시학상〉 시 부문(2023) 수상.

복숭아

장 유 정

전화는 어디에도 있어
누가 수십 번 전화하는지 몰라

전화기는 울기만 했네

바로 누군가 쳐다보고 있는 것만 같아서
어떤 한 사람이 살고 있는 것만으로
가까이 들려오는 사이렌 소리에도
심장은 덜컥 내려앉네

엄마는 말했지
칼 대지 않고 복숭아를 반으로 자르면
지금껏 독방에 들어앉은 벌레
맛있는 건 누가 가르쳐주지 않았는데
먼저 입맛 다신다고
여러 번 단물을 즙, 즙 핥는다고

어디가 어떻게 멍들었던 건지
꿈틀꿈틀 기어다니는 벌레들
전화도 받을 수 없는 사람
조심 더 조심
잠이 든 듯 간신히 일으켰는데
물러터진 비명마저 주저앉네

애써 칼 대서 무엇하리
가려워 살갗 부푸는 울긋불긋
알레르기에 대하여
무슨 의혹 있을까

사진에선 모자 쓰고 선글라스 끼고 잠시 웃네
종친들은 유지 받들 듯 종이로 감쌌네

백탄화

이 현 준

하늘이 키우고 햇살이 키우는 복숭아나무 아래 비스듬히 맥박 소리 문드러졌네

겨울이 따듯했던 건 그대들에 모닥져 켜켜이 쌓인 것들이 바람을 막았고

그중에서도 생기 없이 구멍이 숭숭 뚫린 난 숯덩이라 유독 추위에 약했다.

장작들 사이에 파고들어 몸을 비집으며 마찰해 온기를 나눠 우린 하얘져 갔고

더욱이 아득한 건 그대들도 희게 번져 원래의 색을 잃어간다는 것이었다.

숯은 검다.

하얗게 번지는 건 따뜻함이었으니, 저 바깥의 내리는 눈도 따뜻할 것이다.

눈은 따뜻하다.

그래서 그대들이 더 뜨거워지기 전에 홀로 떨어져 덩그러니 남으련다.

홀로 숯검댕을 희게 먹어가며 한 덩이의 일그러진 잿더미로

한겨울 겨우살이는 엮었지만, 푸른 나뭇잎 사이의 온기를 모르는 거뭇한 잿더미로

그때가 따듯했던 건 그대들이 내게 켜켜이 쌓여 우린 모닥불이었기 때문이다.

2013년 〈경인일보〉 신춘문예 당선. 시집 『그늘이 말을 걸다』 『저녁이라 불러서는 안 돼요』

[동시]

반딧불이

이 철 우

그래서 기억들이 더 잿더미가 되기 전에 홀로 백탄화를 피워 추억하련다.

그대들은 검지도 희지도 않았으면 한다.

밤길이
무서워서
꽁무니에
등불을 달고
다니는
개똥벌레
반딧불이

어둠이
찾아오니

친구들과
함께
마실을 나간다

2017년 〈공무원문학〉 등단. 〈안곡문학연구회〉 회장, 〈한국공무원문학〉 부회장, 〈한국동심문학〉 이사 외. 〈소년해양문학상〉, 〈동심문학상〉 수상 등

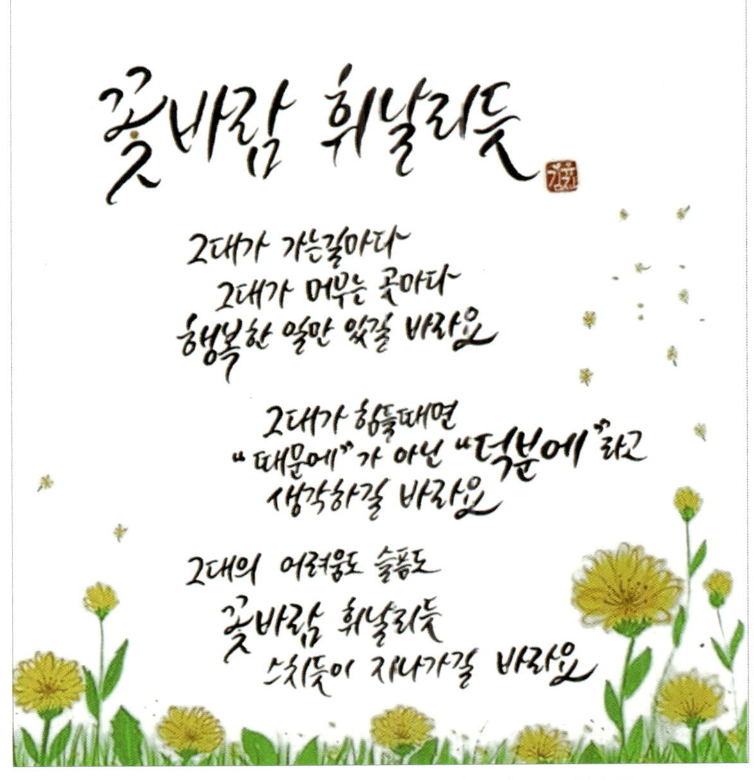

김유진 한밭대학교평생교육원 캘리그라긔 강사. (자작시) 꽃바람 휘날리듯

문학매거진 SIMA
시 작품 응모안내

〈도서출판 도훈〉에서는 새로운 작법을 시도함으로써 다각적으로 변하고 있는 현대시를 수용하고자 시잡지 〈문학매거진 SIMA〉를 계간지로 발간하고 있습니다. 〈문학매거진 SIMA〉는 시, 시조, 동시, 디카시, 디카에세이, 시화, 캘리그라피 등 다양한 형태의 작품을 담아 시의 저변을 확대하고자 합니다.

〈문학매거진 SIMA〉는

시를 사랑하는 모든 사람을 위한 다양한 볼거리와

읽을거리를 제공해 드립니다.

많은 응모를 바랍니다.

■ 대상 : 시를 사랑하는 누구나 가능합니다.
 등단, 미등단에 상관없이 응모 가능합니다.
■ 응모 기간 : 가을호 2024년 7월 26일(금)
 – 선정 공고 8월 10일(예정)에 홈페이지를 통해
 공지합니다.
■ 작품이 선정되신 분들에게는 책을 보내드립니다.
 원고 접수할 때 꼭 주소를 써 주세요.
■ 원고 접수는 이메일로만 가능합니다.
 (모집 공고를 보고 꼭 공고 내용대로 접수해 주세요)
 원하는 분야에 각 1편씩만 접수 가능합니다.
 (초등학생은 디카시와 동시만 접수 가능합니다)
 보내실 곳 : hello@dohun.kr

자세한 내용은 홈페이지(www.dohun.kr)를
참고해 주세요. 〈도서출판 도훈 –시마〉

벌레

지 현

나는 벌레야
한심하고 더럽고 겁쟁이지
어둠이 너무나 무서워서
빛으로 달리고 또 달렸어
근데 결국 빛에게 다가가지 못했어
너무 무섭고 너무 어두운데
난 아무것도 할 수 있는 게 없었어
모두가 날 싫어하는 것 같아
빛도 자신에게 다가오지 못하게 막혀있고
사람들은 다 날 싫어해
내가 빛으로 태어나서 이 심정을 안다면
모두에게 나에게 오는 길을 활짝 열고 닫지 않을 텐데

염경중학교 1학년

손수건

윤 서 희

당신의 손수건이 되고 싶습니다.
말을 하지 못하여도 좋습니다.
온몸이 구겨지고 접혀도 좋습니다.
신경써서 입은 옷이 홀딱 젖어도 좋습니다.

당신의 눈물을 닦아주고 싶습니다.
아주 조금이라도 좋습니다.
나로 인해 흘린 눈물들을 전부 닦아내고 싶습니다.
내가 만든 상처들을 전부 지워내고 싶습니다.

나를 위하여 기꺼이 희생하시고
태양처럼 나를 비추어 주시던
누구보다 아름다운 나의 어머니.
나는 당신의 손수건이 되고 싶습니다.

신반포중학교 3학년

깊게 생각하진 마십시오

최 유 진

깊게 생각하진 마십시오

깊게 생각하진 말라는 세상의 뜻을 새겨
깊게 생각하진 않기로 했습니다

세상의 울부짖음,
세상이 돌아가는 소리,
세상이 정한 세상의 이치들
그런 것들 말입니다

깊게 생각하지 마십시오

깊게 생각하지 말라는 세상의 뜻을 어겨
깊게 생각해 보기로 했습니다

세상에 짓눌려 죽어가는 것들의 울부짖음,
세상의 톱니바퀴 부품들이 내는 소리,
세상이 정한 세상의 계급들
그런 것들 말입니다

오늘은 밤마다 들려오는
울부짖음에 대해 깊이 생각해 보았습니다

그것은 꼭 24시간만 돌아가는 시계 부품이 움직이는
소리 같았습니다
그것이 꼭 벽에 매달려 있는 시계에서 나는 소리인 줄
알았으나
그것은 혹, 매우 가까운 곳에서 들렸습니다

예를 들자면,
지금 뛰고 있는 제 심장이라든가
지금 숨 쉬고 있는 어린 조카의 심장이라든가
그런 곳들에서 말입니다.

경해여자중학교 3학년

시침과 초침

홍 서 진

아주 조금씩
그러나 아주 빠르게
너는 어제처럼 또 오늘을 질주한다

아주 느리게
그러나 아주 확실하게
너의 보폭을 읽으며 나는 그 뒤를 밟는다

때로는 길다란 분침에 가로막혀도
한 바퀴 조금 더 돌면
항상 그래왔듯이 그 자리 그대로
나는 언제나 거기에 있다

하루 1440번의 수많은 만남에도
너를 보내주는 일은 늘 쉽지가 않다
1초 남짓 곁을 스치고 떠나는 너는
커다란 숙제 같은 60초를 또 안겨주고는
인사도 없이 제 길을 나선다
너무도 정확해 외워버린 발걸음을 되뇌이면
등 뒤에서 익숙하게 들려오는 너의 소리

그러니 넌 그렇게 뒤돌지 말고 달리면 돼
앞만 보고 너의 흐름에 몸을 맡기면 돼
한 바퀴 돌아 그 자리에서 만나면
몇 번이고 처음처럼 너를 반길 테니

떠나는 너의 뒷모습밖엔 보지 못하지만
아마 나와 같은 표정을 짓고 있겠지
그 길을 쭉 걸어 결국 다시 돌아올 테니
어쩌면 너는 떠나는 게 아니라 돌아오는 중일 테지

위례솔중학교 3학년

사랑의 집합체

김 민 채

어느 날 길을 걷다 발밑을 보니
처음 보는 웅덩이가 있었습니다.

나는 내가 그 속으로 빨려 들어가고 있는 줄도 모른 채
한참.
한참 그 속을 들여다봅니다.

사랑했던 것들과 사랑하는 것들이 징그럽게 뭉쳐 내
발밑에 웅덩이를 이루었습니다.
사랑했던 것들과 사랑하는 것들이 아름답게 뭉쳐 내
발밑에 웅덩이를 이루었습니다.

나는 그 웅덩이의 물을 손바닥에 떠 홀짝입니다.

사랑은 어떤 맛이 나나요?

아무 맛도 나지 않습니다.
아주 달콤한 맛이 납니다.
쓰고 역겨운 맛이 납니다.

그러니까 사랑은,

많은 맛이 납니다.

나는 문득 당신의 발밑에 있는 사랑은 어떤 맛이 나는
지 궁금해서
당신에게 성큼, 다가섭니다.

반짝이는 당신의 웅덩이에선
어떤 맛이 나나요?

홈스쿨링

기숙사에서

이 서 준

고막에 지겹도록 닿아 금세 증발하는 종이 있다
매일 두 방향의 중력에 의해 지금을 좌시해야 하는 나
와 나와 나와 나와 나와 내가 있다
여섯의 나는 사십일의 나가 되고, 그것이 백여의 나가
되는 순간에는 사각형의 영화관에 입장한다
수많은 거울에 둘러싸여 내가 보던 것은 인쇄물이 아
니라 인조물이었던가
칠십여 번 반복된 나의 자취는 결국 고립되어 썩은 악
취가 풍긴다

다만 아리따운 바람이 내게 와 가자고 손 내민다
다만 살랑거리는 바람이 여기선 아주 의미 없다
다만 매섭게 부는 바람이 의미 없는 나를 쫓는다
아주 의미 없는 것을 버리고 나아가면 의미 없음이 또
렷이 비추는 빛 중앙에 동박새가 드러난다

동박새는 나를 비춰주지 못했으나 나의 모습이 밤하늘
의 별과 유사하다 했다
다른 나는 동박새의 모습이 아주 의미 없어서 마치 독
서실의 파리나 모기 같다 남겼다
다만 악취가 나지 않는 존재는 산으로 가고 싶어 했다
다만 이 우주를 부정하는 존재는 동백을 찾겠댔다
다만 악취 풍기는 이들의 혐오만을 기념으로 하고 동
박새는 거울 속으로 돌아갔다

조식을 먹고서 석식까지 동박새를 기다릴 때는 악취를
강하게 느낀다
나는 내게서, 혹은 다른 내게서 나는 악취의 원인이 무
엇인가 그것을 알고자 하였다
다만 아주 의미 없음을 추구해서 나는 박해당하였고
인조물의 요소로나 남아있구나

그네

정 명 준

　다만 참아왔던 핏물이 옥상으로 흐르면 동박새는 분명
담을 넘었으리라
　다만 그러다 별 하나가 내 손 위에 떨어지는 날 동박새
는 시 하나를 읊으며 바람처럼 나타나겠지-악취의 상처
로 피워낸 동백이 참으로 향기롭도다

어딜 가는 거니?
멀리 가고 있어요

얼마나 가야 하니?
꽤 오래 걸었지만 끝이 보이질 않아요

아무래도 나는 그 자리를 뱅글뱅글 돌고 있는 것 같다
아까 보았던 나무와 운동장과 옥상
수군대는 소리와 합창하듯 웃는 얼굴들
같은 교복을 입고 같은 책을 들고 있지만
여기에 내 친구는 없다

그네를 타면 하늘 끝까지 갈 수 있는 기분이 들었지
작은 발돋움으로 허공을 거뜬히 날 수 있을 것만 같았
지
그러면 옥상에서 뛰어내리는 일은 하지 않아도 될 거
야

우리는 서로에게 하지 않아도 될 말을 하고 듣지 말아
야 할 말을 잘도 하지 그러면서 가장 위험한 곳으로 서로
를 밀어 넣지

그래서 죽었냐고!
겁도 없이 뱉은 말에 겁이 실리는 눈을 살짝 보았다
우리 학교 일진인 줄 알았는데 너도 고작 열일곱 살이
었구나

태균 시연 정원 민준 자연 예빈 연서… 내가 아는 이름
을 중얼거리며 그네를 탄다 그네를 타면서 전진하는 동
시에 뒷걸음치는 중이다

오산고등학교(경기) 1학년

A 마이너

정 성 찬

친구들이 나를 향해 손을 흔든다
안녕 안녕 외치면서
잘 가라는 듯 환영한다는 듯

그네에 앉아서 좀 더 크게 발돋움한다
이러면 지구 반대편까지 날아갈 수 있겠다는 생각으로

어릴 적 죽은 강아지가 맞은편에서 뛰어오고 있다
나는 우리의 성장 속도로 계속 걷는다

음악이
깜깜한 하늘을 비춰줄 거야
새들의 울음을 멈춰줄 거야
단단한 족쇄를 풀어줄 거야.

헛소리.

키는 A 마이너.

쏟아지는 파도는
네 작은 손으로 막을 수 없다.
피할 수 없다.

안개가 자욱한 새벽이 되면
음악은 소리를 잃는다.
전부 희미해져 간다.

밤길에 가로등 비추듯
허름한 네가 드러나면
어긋난 교차로에 서 있는 자신을 보게 될 것이다.

식어버린 네 마음이 뭐라고 말하더냐.

네 음악은 A 마이너.

음악이 언젠가 그친다는 사실이
두려움이 아니라 위로가 되도록

발버둥 쳐라.

통영고등학교 1학년

홈스쿨

풀

황 자 연

몸을 낮게 웅크린다
그제야 보이는 수만 갈래의 길

빼곡하게 그려진 초록의 향기에 시선을 두었지만
너는 알 수 없는 말을 하곤 사라졌지
무한한 세계를 가진 너는 청록의 언어여서
나는 해석할 수 없었다

그해 나의 마음엔 함부로 풀이 자랐고
바람에 날려 보내자는 서툰 말로 날 위로하였지만
어떤 간곡한 마음들도 나에겐 소용없었지

내가 유연한 청록을 가졌더라면
날카로운 저 말들을 날려 보내는 게
조금은 쉽지 않았을까

나비가 인도하는 길을 따라가면
끝없이 펼쳐진 풀의 마음을 볼 수 있을 거야
그사이에 나를 표현할 수 있는 청록을 그려줘

발끝에 힘을 모으고 풀이 펼쳐진 길을 걷는다
너를 위해 내가 할 수 있는 건
있는 힘껏 몸을 낮추는 것,

나는 아래로 아래로 시선을 낮추며
풀의 몸으로 스며든다

충렬여자고등학교 1학년

무한한 여름 속에서

김 새 봄

푸른 초록색 우리의 계절은 끝이 없다
3층 교실 열려있는 하얀 창문으로
산들산들 불어오는 바람이며
꾸벅꾸벅 조는 너를 부르는 목소리
선풍기 날개 돌아가고

엎드려서 교과서 귀퉁이에 낙서를 한다
괜히 꽃 몇 송이 나비 한 마리
옆옆자리 친구의 곤히 감은 눈과 마주친다
속눈썹이 길다
구석에서 날던 종이 나비가 앉는다

점심 먹고 식곤증에 잠이 눈꺼풀을 당긴다
태양이 지구를 당기듯
중력을 거슬러보자 지구야 태양을 당겨봐

나른한 햇빛에 축축하게 젖은 교복 셔츠가 마른다
잠자는 친구들의 숨소리를 배경음으로
탁탁 분필 소리를 효과음으로
내 눈 속엔 18살 여름이라는 영화가 상영 중이다
우리가 있는 한 이 여름은 영원할 거야

푸를 청자를 쓰는 청춘이란 단어는
꼭 우릴 위해 있는 것처럼 반짝거리고

교실을 한 바퀴 둘러보니
레몬맛 포카리스웨트를 먹은 것 같았다
짝꿍의 꿈속은 어느 계절일까
분명히 여름일 거야
부드러운 단발머리가 바람에 살랑거린다

아무도 울지 않는 여름

임 서 윤

필름 돌아가는 소리가 난다
여름 절찬 상영 중

싸구려 줄 이어폰에서 흘러나오는 음악처럼
귓바퀴를 타고 흐르던 매미의 울음들
나의 심장 안쪽부터 차오르던 소란들
이제는 들리지 않아 전부 어디로 간 걸까

시험 시작종에 가방 속으로 말아놓은
이어폰인 양 둥글게 몸 말고 있는 건 아닐까

맞지 않는 교복으로 버티는 열아홉
치마는 작아졌지만 뼈대가 굵어진 건 아니지
물 같은 살만 출렁출렁 생각처럼 불어났다
그럴 때마다 울어버리고 싶지만
자습실 가득 들어찬 침묵에 눈물을 말아 넣었다

곧 졸업할 거니까 조금만
조금만 더 교복을 입고 지내라는 어른들
꽉 끼는 몸 낡은 의자의 비명 그리운 매미의 목소리와
마음껏 넘어지거나 울던 어린 날
풀어둘 곳 없어 노트 위로 쏟아부었다

새어 나오지 못한 소리가 단어의 옷을 입고
행과 행이 되어 노트에 걸터앉았다
선생님 저는 시를 쓰고 싶어요 말할 때면
머리칼을 헝클고 가는 담임 선생님의 표정

삼 학년 일 학기 기말고사 종료 종소리만이
교탁을 가로질러 건너가는 열아홉
매일 자는 짝꿍도 전교 일 등 반장도 무엇보다 매미도
정말로 아무도 울지 않아서
이어폰처럼 둥글게 말아 넣던 소리가
음소거 되어야 했던 마음이

울산 동천고등학교 2학년

아무도 모르게 시어로 새겨지던 여름이었다

부산동여자고등학교 3학년

제3회
시마청소년작품상 공모

문학매거진 『SIMA』에서는

청소년들의 문학에 대한 관심을 고취하고자

시마청소년작품상을

수여하고 있습니다.

문학매거진 『SIMA』

봄, 여름, 가을호에 선정된

청소년 작품을 대상으로

다시 최종 심사를 거쳐 선정합니다.

최우수상 : 기념패, 상장, 상금(50만 원)

우 수 상 : 기념패, 상장, 상금(20만 원)

장 려 상 : 상장, 상금(상품권 2만 원)

이번 여름호에 선정이 안 된 청소년은

가을호에 다시 한번 도전하세요.

원고 마감 :

가을호, 7월 26일까지

문학매거진 『SIMA』
접수 안내

〈**문학매거진 SIMA**〉
2024 청소년 여름방학 창작 강좌

■ 여름방학 동안 매주 80분씩, 4회 수업
   온라인 줌 수업
■ 중·고등학생만 해당 됨
■ 시 쓰기 : 이도훈 시인,
   매주 수요일 저녁 8시
   (7월 24일·31일, 8월 7일·14일)
■ 소설 쓰기 : 이은정 소설가,
   매주 금요일 저녁 8시
   (7월 26일, 8월 2일·9일·16일)
■ 수업료 각 5만 원 (카드 결제 가능)
■ 시마 계좌 : 농협 302-6722-4621-01
   (예금주: 이양훈)
문의 : 02-595-4621 /010-6722-4621
flyhun9@naver.comr

자세한 내용은 홈페이지(www.dohun.kr)를
참고해 주세요.

눈

손 예 슬

눈이 온다
눈이 마치 개미 떼처럼 온다.
하지만 개미는 겨울에
더듬이 한 털도 안 내민다.

경남 무지개초등학교 1학년

듣고 싶은 말, 듣기 싫은 말

이 민 주

"아빠 오늘 휴무다."
"아빠 오늘 야근한다."

엄마 "아주아주 잘했어"
엄마 "숙제 다 했니?"

오빠 "간식 줄 게"
오빠 "황소 청개구리야."

나 " 난 역시 똑똑해"
나 " 민주 못 했어."

할머니 "할머니보다 잘했네"
할머니 "그러면 안 돼."

과천 갈현초등학교 3학년

사랑

김 연 경

하루를 마무리하는 엄마의 인사
잘자 사랑해 좋은 꿈 꿔

기분 좋은 마음으로 침대에 누워 잠을 잔다

꿈은 행복한 꿈, 기쁜 꿈, 슬픈 꿈, 무서운 꿈을
꿀 수 있어
그중 제일 좋은 건
우리 가족이 환하게 웃는 것

백만장자가 되는 꿈을 가진 아빠와
외할아버지를 꿈에서조차 만나고 싶은 엄마
아이돌 공연장에서 목이 터지게 노래 부르며
스트레스 날리고 싶어 하는 언니의 꿈

우리 가족 꿈이 다 이루어지게
오늘 밤
행복한 꿈을 내가 꾸면 좋겠다

꿈에서 좋은 꿈을 꾸고 또 꾸고
그러면
행복 가득한 일이 우리 가족에게 생기겠지

통영초등학교 4학년

씨앗

김 지 용

세계지도를 보았는데
씨앗처럼 작은 파란 우리나라
씨앗은 자라면 커지는데
저 파란 씨앗도 커질까?

세계지도를 보았는데
씨앗처럼 작은 빨간 북한
씨앗은 자라면 커지는데
저 빨간 씨앗도 커질까?

지도에 그려진 씨앗 두개
두 씨앗이 자라 열매가 되면 좋겠네
씨앗은 물을 주면 자라는데
우리 모두가 물을 주면 엄청 자라겠지?

천안 한들초등학교 4학년

모기

문 서 율

나는 모기다
피를 빨려고 왔다.

우와 사람들이 박수도 쳐준다.
게다가 향 피워 제사도 지내준다.

이 정도면 잘 산 것 같다.

안산 슬기초등학교 4학년

하루

김 민 재

하루가 가는 게 아니라, 하루는 쌓여가는 것이다.
어제는 필요 없는 게 아니라 어제가 중요하다는 뜻이다.
어떤 한 사람의 하루는 거의 맨날과 비슷하다.
그 사람의 하루가 쌓여 그 사람의 인생이 되기 때문이다.
오늘도 내일은 어제가 된다.
우리는 내일 죽을지 오늘 죽을지 아무도 모른다.
나도 하루하루 기분 좋게 살아야겠다.
하루하루는 너무너무 소중한 것 같다.

남양주 가곡초등학교 5학년

꿈

송 민 서

엄만 내가 밉대
엄만 언니만 챙기고
유일한 내 편인 아빠는 어딘가로 떠났고
나의 꿈은 끝내 아무도 들어주지 않아
난 나밖에 못 믿겠네

하루 종일 의자에 딱 붙어 떨어지지 않는 엉덩이
가끔가다 코피가 날 때면 이를 꽉 깨물어
혼자 느끼는 나의 다짐들
언젠가는 꼭 빛나고 말 거라고
나를 속이며 공부했지

난 공부하면서 나를 의심하지
잘 할 수 있을까
성공할 수 있을까
그러다가 베개에 눈물방울 뚝뚝 흘리며 잠을 잤지
꿈에서 꿈을 이루는 나를 보고 싶어서

봄이 꽃을 피워 세상을 맑게 하듯
내 꿈이 활짝 꽃피우도록
열심히 공부한다
그렇게 한 발짝씩 내 꿈에 다가간다

통영 제석초등학교 5학년

백년산

임 지 훈

시작부터 뿌드득
무릎도 뿌드득
발목도 뿌드득
허리도 뿌드득

정말 가고 싶지 않은 백년산

백년산은 지옥
온몸이 뿌드득
기분도 뿌드득

포항 흥해초등학교 5학년

공부

권 우 빈

공부는 지옥이다
지루할 때
활활 타오르는 불 속 같다

공부는 말벌이다
졸고 있을 때
말벌이 와서
톡!!

찌릿찌릿
찌릿찌릿
효과가 굉장하다

포항 학천초등학교 6학년

내 마음

금 동 현

내 마음은 달이다
달처럼 환하게 빛난다
나이키를 샀을 때 내 얼굴 같다

내 마음은 별이다
별처럼 반짝반짝 빛난다
피구했을 때 나처럼 반짝하게 빛난다

포항 학천초등학교 6학년

나는 왜 꿈이 없을까

김 미 소

나의 꿈은 왜 정해져 있지 않을까
다른 친구들처럼 딱딱 정해져 있으면 좋을 텐데

어쩌면 꿈은 원래부터 정해져 있지 않은 건지도 몰라
그렇다면 나도 내 꿈을 찾아 떠나봐도 되겠지

여기저기 자유롭게 다니는 바람처럼
고운 날개를 가진 나비처럼
구름과 구름을 오가는 새들처럼

나는 몸을 가볍게 만들어 본다
계절마다 어울리는 옷을 입고
날씨에 알맞은 날개를 달고

바람이 되고 나비가 되고
하늘을 오가는 새가 되어서
자유롭게 날아다니는 꿈을 꾼다

이런 날은 학원 가기 싫어서
놀이터에서 모래 장난을 하는데
모래성을 높이 쌓아도
나는 왜 꿈이 정해지지 않을까
그런 생각으로 모래성을 더 높이 쌓다가
엄마가 부르는 소리에 번쩍 정신이 들기도 한다

내 꿈은 무엇일까
누구에게 물어보면 대답을 들을 수 있을까
아무래도 나는 아직
확실한 꿈이 없는 것 같다

통영 제석초등학교 6학년

봄의 영화

신 성 민

영화의 한 장면 같은 벚꽃거리
온 벚꽃이 영화의 소품이 된다

핑그르르 떨어지는 벚꽃잎은 나비
뚜벅뚜벅 걷는 사람들은 배우
떨어진 꽃잎은 핑크빛 꽃길이 된다

봄이 다 갈 때까지 영화 촬영은 계속된다

군포 궁내초등학교 6학년

워터볼

이 시 윤

눈이 내린다

워터볼
흔들었을 때처럼
펑펑 온다

나도
우주도
워터볼 안에 있는 것
같다

서울 수암초등학교 6학년

디카 에세이

이 시 향

시를 일구는 텃밭

오랜만에 내리던 봄비가 그쳐 베란다로 나가보니 군자란이 꽉 쥐었던 꽃봉오리를 활짝 펴며 곧 피어나겠고 뒷산에 개나리가 노랗게 몸단장하며 봄맞이로 바쁜데 모란만 머뭇거리며 싹을 조끔 올려 세운다. 텃밭에 도착해서 삽과 호미를 챙기고 일하려고 하는데 딱새 한 마리 청아하게 운다.

네 그루 매실나무에 꽃이 많이도 피었다. 전지를 해주고 꽃도 따내 주지 않으면 열매가 작고 또 대부분 떨어져 버린다. 이 시기에 딱 한 번 따낸 꽃으로 매실차를 마신다. 상큼하고 달큼한 향기가 일품이다.

[텃밭 봄 / 이시향]

일을 하는데,
딱새의 청아한 구애 소리
삽과 호미 내팽개치고
꽃 찍으러 갑니다

[드디어 봄 / 이시향]

매화차 한 잔을 마시지 않으면
진정한 봄이
왔다는 걸 느낄 수 없다

추운 겨울을 견디고 가장 먼저 맑은 향기로 봄을 알리
는 꽃을 끓는 물에 넣고 마시니 진정 봄이 온 것을 느낄
수 있다. 봄비로 물오른 땅이 호흡하며 노랗게 개학하는
봄꽃을 맞이한다. 언제 피었는지 농부의 손놀림보다 봄
의 속도는 더 빠르다.

[개학 / 이시향]

히어리, 산수유, 민들레, 개나리꽃
노랗게 아른거리는 봄 학기 시작됐어요

3월이면 암컷을 부르는 수컷 딱새의 소리 청아하고 아
름답다. 일할 때마다 먹을 것이 없는지 가까이 와서 두리
번거리며 사진을 찍는데 포즈도 취해준다.

[딱새 / 이시향]

일할 때마다 곁에 와서
눈망울 말똥거리며
먹을 것 없나
두리번거리는 딱한 새

봄동은 철이 지나 꽃이 활짝 피기 시작했다. 그래도 연한 잎을 따서 살짝 데쳐 쌈을 싸 먹으면 봄맛이 그만이다.

하늘빛 닮은 봄까치꽃과 광대나물꽃이 자잘 자잘 많이도 피었다. 봄까치꽃은 봄을 가장 먼저 알리며 피는데 어린 새순은 나물로도 먹는다. 큰개불알꽃이라고도 한다. 이유는 꽃이 아닌 8월이나 9월에 열매를 봐야 하는데 그 열매가 개의 불알을 닮았다. 그러므로 봄에는 봄까치꽃, 여름에는 큰개불알꽃으로 불리는 것이 맞는 것 같다.

디카시와 철근콘크리트

새 따라 길을 나섰고, 빛 따라 길을 잃었다.

카메라를 들고 10년 동안 남다르게 담아 보려다가 남 같이도 되지 못하고 헛되이 세월만 보낸 것 같아 안타깝다. 무엇을 찍을 것인가 보다 어떻게 바라볼 것인가 보이는 대로 찍는 게 아니라, 어떤 의미로 다가설 것인가? 끊임없는 질문을 던지며 빛과 씨름하였다.

그러나 시력이 나빠지면서 순수 사진에서 멀어지고 사진과 시의 결합인 디카시를 접하고 그 매력에 푹 빠져들고 말았다. 디카시는 우선 사진 이미지가 큰 비중을 차지하므로 사진을 좀 더 잘 담을 수 있으면 좋을 것이다.

사진을 담는다는 것은 배제하는 것이다. 그림이 무(無)의 캔버스에 채워 넣는 덧셈의 예술이라면 사진은 뺄셈의 예술이다. 눈에 보이는 것을 다 담지 않고 불필요한 부분을 빼고 보여 주고자 하는 것만을 강조해서 담는 것이 사진이다. 좋은 사진을 얻기 위해서는 욕심을 내려놓아야 한다. 그러나 욕심을 버린다는 것이 말처럼 쉽지 않다.

얼마 전 백령도 대청도 소청도 여행을 갔었는데 특히 소청도는 특별했다. 일반 관광객들이 아니라 특수목적인들만이 들르는 슈퍼마켓 하나 없는 작은 섬인데 온통 하얀 바위가 산맥을 이룬 듯한 분바위가 상징이었으며 새들의 천국이었다. 거친 강풍으로 하루를 더 묶이는 바람에 오히려 많은 시간을 가지고 찬찬히 섬 구석구석을 돌아다녀 볼 수 있었다.

〈 소청도 분바위 〉

〈 소청도 동박새 〉

진 않는다. 오히려 부분적인 신체 사진을 좋아한다. 사람들은 얼굴로 인물 사진을 나타내려 하지만, 전면 얼굴이 아닌 뒷모습도 그 사람의 꾸밈없는 진실일 것이고 손가락, 차고 있는 시계, 반지, 귀걸이, 스카프나 의상 등 하나하나가 인물의 세밀한 모습이다. 드러나서 노출되는 것보다 감추어 궁금증을 자아내는 사진이 더 좋다.

섬을 입에 물고 동박새는 날아오르고
바위의 손짓에 흰 파도는 소리쳐 달려온다
저녁 미사 준비하는 면사포 쓴 여인들
별들도 바다 위로 몸을 던지는데
분바위는 상앗빛으로 고독한 등대가 된다

〈 아파트 기초공사 현장 〉

사진을 담을 때나 시를 쓸 때 우리는 많은 말을 줄이며 최소한의 말만을 남겨야 한다. 대부분 사람은 인물도 잘 나오고 높은 건물이나, 탑, 꽃, 풍경 등이 다 찍히도록 프레임을 짠다. 초보자는 다 담기 위해서 물러서지만, 고수는 더 많이 버리기 위해서 다가선다.

춘천에 가면 오봉산이란 곳이 있는데, 그곳 정상에 하나의 비석을 본 적이 있다.

"이곳에서 친구들 사진 찍어 주다 추락 사망한 친구를 그리며 이 비석을 새깁니다." 안타까운 일이다.

사진 찍다 가끔 사고가 난다. 위험한 산 정상에서 더 담기 위해 욕심내며 물러서다 추락하여 사망하는 것이다. 인물 사진을 찍을 때, 전신사진을 찍는 것을 좋아하

건축에 오랫동안 몸담아 온 사람으로서 사진 이미지와 언술의 결합인 디카시가 흡사 철근콘크리트 구조를 닮았다고 생각한다. 이질적인 두 물질인 철근과 콘크리트는 어떻게 일체로 될 수 있겠는가?

그것은 철근과 시멘트 모래 자갈 물로 혼합된 콘크리트의 열팽창계수가 똑같으므로 찰떡궁합이 된 것이다.

다시 말하면 외부 열에 대한 반응이 콘크리트와 철근이 일체가 되어 반응한다는 것이다. 또한, 콘크리트의 약점인 건조수축과 균열을 철근이 보완해 준다. 우리가 주거하고 있는 아파트는 전형적인 철근콘크리트 구조(RC: Reinforced Concrete)이다.

〈 아파트 현장 토공사 보호막 〉

이처럼 디카시의 사진은 철근이며 언술은 콘크리트이고 언술이 철근이라면, 사진은 콘크리트가 되는 셈이다. 두 개의 전혀 다른 개체가 혼합되어 철근콘크리트의 튼튼한 구조물이 되었듯이 디카시도 두 개의 다른 아이템이 합쳐져서 새로운 문화 장르를 완벽하게 구축하고 있다.

어느덧 우리 곁에 장미의 계절이 왔다. 꽃말처럼 장미는 사랑의 대명사다. 꽃은 송이로 보이지만 꽃잎의 여러 겹이 모여 송이가 된다. 어느 날 꽃잎 하나 달빛 아래 운명처럼 다가왔다. 사실 위 사진에서의 빛은 불빛의 보케(bokeh)이지만 달로 인식하여 달빛과 장미를 표현한 것이다.

전쟁터에서 죽음을 무릅쓰고 활동한 종군 사진작가 로버트 카파(Robert Capa)는 "한 발자국 더 피사체에 다가서라"라고 조언한다. 그의 말대로 꽃잎 가까이 조금 더 다가서자 장미의 숨결과 심장 소리가 들리기 시작했다. 그것은 곧 나의 맥박이며 심장이었고 사랑하는 그대의 호흡이었다.

〈 달빛과 장미 〉

　디카시를 쓰는 지금 이 순간순간이 무엇보다 소중하고 행복하다. 새보다 자유롭게 날아간 궤적은 다시 돌아올 수 없다. 사진은 그 선을 박제하여 영원히 남긴다.
　우리가 지금 만나는 이 순간도 다시 돌아올 수 없는 영원한 과거가 된다. 그 시간은 흘러가지 않고 우리들의 가슴속에 차곡차곡 쌓인다.

　사진과 시가 만나 떨어지지 않는 튼튼한 뼈대를 세워 놓은 디카시의 새로운 물결은 우리를 오랫동안 기쁘게 하고 그 파고는 세계 각 지역으로 퍼져나갈 것이다.

이유상

〈한국디카시〉, 〈중랑디카시인협회〉 회원
사진집 『제주 좋은 빛 함께 봐요』 산문집 『내 생의 오솔길』 사진에세이 『우리들의 이야기 1, 2』

댈러스 기행
- 손용상 시인과 〈한솔문학〉

2023년 〈한솔문학〉 9호(여름호)가 출간되고 나서 손용상 대표와 통화를 했다.

"연말에 10호가 나오면 내년 2월 말이나 3월 초에 한번 봐요. 기념식이든 뭐든 해야지."

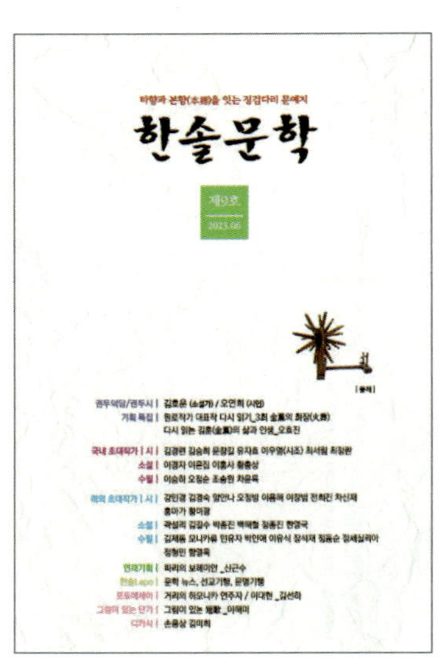

〈한솔문학〉 9호, 2023년 여름호

그때가 9월쯤이었다. 반년간지로 10호, 5년의 세월이다. 나는 내년 LA 여행 때 댈러스까지 가는 여행을 준비했다. LA에 있는 딸도 댈러스에 한번 가보고 싶다고 해서 비행기 표를 미리 예약해 놓으라고 했다.

그리고 〈한솔문학〉 10호를 준비하던 중 손 선생님이 요양원에 입원했다는 소식이 들려왔다. 그리고 며칠 뒤 선생님은 몸 관리 차원에서 잠시 요양원에 들어간 것이라며 전화하셨다. 그런데 그게 말처럼 그렇게 간단할 것이라고는 생각하지는 않았다.

"원고는 준비하고 있으니 걱정하지 마시오!"

선생님을 처음 만난 것은 윤00 시인이 그분의 시집을 내달라고 부탁하면서였다. 그리고 나는 〈시마〉를 창간했고 뒤이어 손 선생님이 문학지를 만들고 싶다고 했다. 손용상 시인은 소설가이기도 하다. 1973년 조선일보 〈신춘문예〉에 「방생」이라는 단편소설이 당선되면서 문단에 나왔다.

그 시대의 유명한 작가들과 어울렸기 때문에 미국에 계셨어도 한국 문단에 연결되는 분들이 꽤 많았다.

〈한솔문학〉은 순탄하게 발간되었다. 선생님은 댈러스 지역 신문에서 편집일을 보면서 번 수입 중에서 매달 일정 금액을 보내주었고 그 돈으로 〈한솔문학〉을 발행했다. 자금이 여유롭지는 않았다. 잡지가 발행될수록 페이지는 계속 늘어났다. 창간호는 352페이지였는데 8호는 528페이지나 되었다.

"선생님, 책이 너무 두꺼워요. 받는 사람도 부담스러울 거 같아요. 원고를 좀 줄이시는 게 좋을 거 같아요."

페이지가 많이 나오면 인쇄비나 무게에 따른 배송비도 올라간다. 선생님은 〈한솔문학〉이 나오면 항공으로 한두 박스를 먼저 보내라고 했는데 그 비용도 100만 원이 넘었다.

'이걸 항공으로 보내라고 뭐요? 정말요??'

〈한솔문학〉 창간호가 나왔을 때 지금 한국문인협회 이사장이신 김호운 선생님과 함께 댈러스에 갔었다.

〈한솔문학〉 출판기념식이 있었고, 문학 강연도 있었다. 그때 손용상 대표를 처음 만났는데 그는 이미 풍을 맞아 몸 반쪽을 잃은 상태였다. 그래도 목소리에 힘이 있었고, 강한 리더십으로 사람들을 이끌었었다.

2021년 〈한솔문학〉 창간기념 세미나에서, 앞 줄 왼쪽에서 세 번째 손용상 작가, 김호운 작가(현 한국문인협회 회장), 연규호 소설가, 그 뒤에 계신 분이 조석진 사모. 손용상 선생님 뒤에 이도훈 시인(나), 왼쪽이 김미희 시인

12월 초 댈러스에 있는 사람들에게서 안 좋은 소식이 계속 들려왔다. 손 선생님으로부터 메일로 간간이 원고가 왔지만 나도 마음의 준비를 하고 있었다. 전화 통화도 몇 번 했었다. 선생님이 괜찮다고는 말했지만, 목소리에는 힘이 다 빠져 있었다. 그러다 12월 말쯤 선생님이 전화했다.

"내 몸이 다 나았어. 기적 같은 일이야! 나도 어떻게 된 건지 모르겠어. 제2의 인생을 사는 거 같아."

곧 퇴원한다고 전화하셨는데 목소리가 너무 힘찼다. 나는 한국에 있는 손용상 선생님의 지인들에게 전화했다.

"저기… 손용상 선생님이 다시 살아나신 거 같아요…"

정말 놀라웠고 어리둥절했다. 선생님은 정말 건강이 회복된 듯 보였다. 연말까지 나머지 원고를 정리해서 보내준다고 했다. 10호가 좀 늦어졌지만 다행이라고 생각했다. 이번 일은 이렇게 헤프닝처럼 끝날 줄 알았다.

그런데 며칠 후 댈러스에 있는 한 선생님이 손용상 선생님이 위독하다는 소식을 전해줬다. 요양원에서 회복이 되었는데 그 병동에 코로나 환자가 발생되어서 다시 격리에 들어갔고 선생님도 코로나에 걸려 건강이 급격히 나빠졌다고 했다. 그리고 다음 날 선생님은 돌아가셨다. 그는 파란만장한 삶을 보내고 개인 작품집 여러 권과 <한솔문학> 아홉 권을 남겼다

2월 말 LA에 도착해서 며칠 쉬고 3월 초 주말을 이용해 댈러스로 갔다. 포트워스공항에 도착하니 김선아 작가가 마중을 나왔다. 무척 반가웠다. 김선아 작가는 우리 가족을 데리고 먼저 댈러스 시내를 구경시켜 주었다. 시내에는 미술관과 박물관 등이 많았다. 김선하 작가는 댈러스가 예술의 도시라고 강조했다. 시내를 돌아다니다가 저녁쯤 모임이 있는 식당으로 갔다. 댈러스 교포 문인들이 모여 식사와 한솔문학에 관한 이야기를 나눴다.

차 안에서 본 댈러스 다운타운과 스카이 뷰

다음 날 아침에 호텔 테라스에서 본 텍사스는 조용하고 평온했다. 점심시간이 되자 딸 친구가 우리를 데리고 가장 텍사스다운 BBQ 레스토랑으로 데리고 갔다. 음식은 정말 텍사스다웠다. 스테이크가 맛있고 신선했는데 고기가 많이 기름진 것 같았다. 음식값은 LA와 비교해 많이 저렴했다. LA에 살다가 텍사스로 이주한 딸 친구는 두 지역의 장, 단점 등을 이야기해 주었고 지금 미국 젊은이들, 특히 교포 젊은이들의 고민거리를 풀어놓았다.

Texas Roadhouse, 1420 N Peachtree Rd, Mesquite, TX

오후에는 김선아 작가가 우리를 데리고 가장 텍사스다운 관광지 스톡야즈(Fort Worth Stockyards)로 갔다. 자신의 몸보다 긴 뿔을 갖고 있는 텍사스 소들을 모는(캐틀 드라이브) 카우보이들도 구경하고 한쪽 실내 공터에서는 카우보이들이 뭐라뭐라~ 떠들며 연극하는 'OK 목장의 결투'도 보고 즐거운 오후를 보냈다. 시간이 지나도 댈러스는 별로 바뀐 게 없는 것 같았다. 결투 장면을 연극하던 카우보이 배우 한 명이 젊은 사람으로 바뀐 것 같았다. 그리고 또 바뀐 것이 있다면 이제 댈러스에서 손용상 선생님을 볼 수 없다는 것.

저녁에도 댈러스 교포 문인들을 만났다. 저녁을 먹으며 앞으로 <한솔문학>을 어떻게 끌고 갈 것인지 의논했다. 그리고 김선하 작가, 김미희 시인과 나는 호텔 로비에 있는 카페에서 밤늦도록 이야기를 나눴다. 댈러스 여행 마지막 날 밤이다. 이곳의 밤은 제주 밤하늘 처럼 칠흑같이 어두웠다.

캐틀 드라이브

카우보이들이 옛 서부 시대의 결투 장면을 공연하고 있다

마지막 날, 아침부터 짐을 챙기느라 분주했다. 예정대로 손용상 선생님께 인사드리러 갔다. 선생님이 계신 Rolling Oaks Memorial Center는 한적하고 넓고 조용했다. 굴곡진 그의 삶이 평평하게 다져졌고 잔디는 아직 덥히지 않았다.

나는 이 세상에 무엇을 남길 수 있을까? 나는 늘 내 마지막이 궁금하다. 어찌 됐든 받아들일 수밖에 없겠지만….

한참을 그의 묘지 주변에서 어슬렁거렸다. 생각해보면 나에게 참 고마운 분이었다. <한솔문학>을 만들면서 일도 많고 힘들기도 했지만, 지나고 보니 다 할만했다. 선생님 덕분에 나도 많이 성장했다고 생각한다.

손용상 시인의 묘소에서 (Rolling Oaks Memorial Center)
왼쪽부터 김미희 시인. 이도훈 시인(나), 김선하 작가, 조석진 사모

내가 여기 댈러스에 또 올 일이 있을까? 내가 이 사람들을 또 만날 수 있을까? 이런저런 생각이 하루종일 내 머릿속에 맴돌았다.

Rolling Oaks Memorial Center를 나와 그 지역에서 도넛을 제일 맛있게 만든다는 도넛 가게를 갔다. 댈러스의 도넛 가게는 대부분 한국인들이 하고 있는데 거의 모든 가게가 영업이 잘되고 있다고 한다. 도넛 가게 영업시간이 낮 12시까지였는데 우리는 거의 문 닫을 시간쯤에 가게에 들어갔고 도넛 가게 주인아저씨와 느긋하게 커피와 도넛을 먹으며 여유롭게 이야기를 나누었다.

비숍 아트 거리

Donut Palace, 817 S MacArthur Blvd # 110, Coppell, TX

도넛 가게를 나와서 김선화 작가와 김미희 시인이 우리를 끌고 이곳저곳으로 데리고 다니느라 분주했다. 페인트 락카로 그림이 그려진 그래피티 거리와 댈러스에서 가장 핫한 곳인 비숍 아트 거리(Bishop Arts District)를

들르며 관광했다. 비숍 거리는 골목마다 아기자기하고 세련된 가게들이 즐비했고 가게마다 젊은 사람들이 많았다.

"선생님, 비행기 놓치겠어요. 그만 공항으로 가요."

2박3일, 짧은 일정이었지만 몇 달 전부터 준비하고 기다렸었다. 예정대로였다면 <한솔문학> 10호 발행기념이란 큰 현수막을 걸고 문학 강연도 함께 했을 건데 그렇지 못해 많이 아쉬웠다.

LA로 돌아가는 내내 마음이 착잡했다. 시간이 너무 빠르게 흘러간다. 내가 뛰어가 따라잡을 수가 없을 만큼 빠르다. 손용상 선생님에게 좀 더 잘할 걸, 좀 더 예의를 다할 걸… 지나간 것들은 다 후회투성이다.

<한솔문학> 10호는 지금 댈러스 문인들이 주축이 되어 만들고 있다.

댈러스에 있는 그래피티 거리

노작홍사용문학관 시동아리 〈다,시다〉와 석민재 시인의 〈양보책방〉

이 정 은(〈다,시다〉 시창작동아리 회원)

노작홍사용문학관 앞

아침 8시. 출발하기로 한 시간 훨씬 전부터 노작홍사용문학관 앞 등나무 벤치에는 아는 얼굴들이 하나둘 등장한다. 한 집안 가족끼리도 예약날짜를 잡아야 한 곳에서 겨우 밥 한 끼라도 먹을 수 있는 요즘이다. 우리는 무엇이기에 기꺼이 몸을 부대끼며 낯선 장소에서의 잠을 기꺼이 감내하기로 하며 길을 나서려 했던 것일까?

화성시 노작로 206, 노작홍사용문학관

출발을 목전에 둔 여행자의 어수선한 밤이 지나고 시인의 언어가 시가 되는 순간이 온 것처럼, 우리들의 이 느닷없음이 무엇이 되려나 보다. 우리에게 어떤 즐겁고 대단한 일이 생기려나 보다. 부지런한 마음들이 아직 문 열리지 않은 문학관 앞으로 서둘러 집결하게 했을 것이다. 시인 이성복의 말처럼 '시는 무지가 주는 기쁨의 약속(무한화서, 이성복, 2015)'이라는 말이 딱 맞춤한 언어의 신기루를 좇으려는 이 사람들이 우연히 만나 기쁨에 들떠 느닷없는 여행을 함께 떠나기로 한다.

꽃이 진 자리에 여린 잎에 돋아나는 사월, 우리의 목적지는 '석민재'라는 한 시인이 사는 산골 책방이다.

첫 번째 휴게소에서

이미 반백 년 이상을 살아 버린 중년의 회원들. 그동안 우리는 무엇을 위해 숨 가쁘게 달리고 있었을까? 마음의 여유를 잃어버린 채 막연하여 멈춰 선 어느 순간, 교통사고처럼 시가 가슴으로 들어온 사람들. 그 사람들을 태운 차는 한참을 달리다가 잠시 생의 쉼표를 찾은 듯 고속도로의 휴게소에 들른다. 누군가 뻥튀기 과자를 사온다. 뻥튀기 과자를 본 사람들은 이내 웃음이 터진다. 화려한 먹거리들을 제치고 선택한 먹거리가 뻥튀기라니... 웃음기 가득한 얼굴로 그 과자를 나눠 먹는다.

어제보다 더 나은 사람들이 되려고 먼 시간을 달려왔을 이 사람들은 이제 시를 기다리는 마음으로 더욱더 소박해진다. "시는 무엇일까요?" 우리는 매번 같은 질문을 한다. 시가 무엇인지는 모르지만, 마침내 우리가 써 내려간 시 한 줄이 아름다운 유언이 될 것이며 값진 유산이 될 것이라고 믿는다. 뻥튀기 과자를 먹으며 웃고 있는 이 사람들은 이미 생의 답을 알고 있었다. 스페인의 어느 유명한 시인도 이렇게 말했다고 했지. '시는 앎이고 구원이며 힘이고 포기이다.(활과 리라, 옥타비오 파스, 솔출판사)'

정겹게 이야기를 나누고 있는 〈다,시다〉 회원들

재첩국수집 앞 섬진강 풍경

재첩국과 섬진강

늦게 핀 꽃나무들이 서둘러 떨구어 내는 꽃잎들이 눈발처럼 차창 밖에서 흩날린다. 여린 초록의 그라데이션 색감만으로도 힐링이 되는 길은 드디어 섬진강을 품고 치달린다. 강이 눈 앞에 펼쳐진다. 윤슬이 반짝인다. 우리 생의 불안, 공포, 헛된 환상들의 겹겹을 벗겨놓은 듯 반짝인다. 아름다운 시절이여! 라고 외친다. 강을 따라가며 우리는 한 번 더 설렌다.

그저 푹 끓이기만 해도 맛이 난다는 재첩도 함께 맛본다. 우리는 하동의 유명한 재첩국수를 먹었다. 배를 채운 후, 통념을 훌쩍 뛰어넘은 신선들처럼 뒷짐을 진 채 느릿느릿 모래 강변을 걷는다. 마음을 활짝 열고 강바람

하동송림공원에서

의 맛을 본다. 시름을 모두 실어 바람에 떠나보낸다. 강물 앞에서 우리는 잠시 다른 사람들이 된다. 방금 세례를 받은 사람처럼. 강의 착한 백성이 된 것처럼.

잠시 산책을 하며 소화를 시킨 후, 저녁거리를 사러 허겁지겁 하동시장으로 향한다.

이야기, 깊숙한 마을의 책방

좋은 경험은 우리를 행복하게 한다. 자신도 모르게 그 행위 속으로 빠져들어 시간과 공간을 잊을 만큼 몰입한다. 스스로 도취되어 시를 쓰면서 어떤 기쁨의 상태에 빠지는 순간, 우리는 느낀다. 아하! 어쩌면 우리는 행복하기 위해 시를 쓰고 싶어 하는지도 모른다는 것을.

그 시를 쓰는 작업을 우리보다 훨씬 먼저 해 온, 한 시인이 하동의 어느 깊숙한 산골 마을에 살고 있다. 시인이 사는 '양보책방'은 생각보다 근사했다. 꼬불꼬불 돌아가는 산길을 따라 한참 가다 보면 깨끗하고 한적한 도로 옆에 조금 우스꽝스런 모양의 입간판이 세워져 있다. 거기에 '양보책방·다방' 이렇게 쓰여 있으면 거기가 맞다.

깊은 숲속에 작은 오두막 같은 책방이자 카페가 있다. 그 옆에는 시인의 어머니가 사셨던 집을 개조했다는 펜션이 나란히 있다. 큰 통창이 있고, 오두막집 같은 내부에는 작은 다락방도 있다. 새들과 계절 따라 달라지는 곤충들이 놀러 오는 시인의 집.

"책 앞에서 시를 써요." 시인은 자신의 이 책방, 책들 앞에서 시를 쓰곤 한단다. 책 앞에서 시를 쓴다는 표현조

차 신박하게 들린다. 수줍음이 아주 많은 시인의 눈빛은 조심스럽고 따뜻하게 우리를 맞이한다. 짐을 푸는 어수선한 시간 동안 펜션 사용법을 조분조분 알려주고는 일이 있어 거딜 잠시 다녀오겠다며 자리를 비운다.

우리 일행도 어둑해져 오는 산등성이를 뒤로하고 저녁을 먹는다. 마당에 준비된 테이블에는 시인의 고양이 한 마리가 호스트가 된다. 서로가 서로에게 극진한 식사 시간이 이어진다.

시가 우리를 데려온 곳. 먼 거기에, 밤다운 밤이 기다리고 있었다. 온통 깜깜한 밤. 하늘에 드러나는 별빛과 초승달이 어우러져 탄성을 자아내는 아름다운 밤하늘에 우리들의 웃음소리와 환호소리가 퍼져가던 밤이 있다.

외출에서 돌아온 시인은 밤이 깊도록 이야기를 들려준다. '나답게 시 쓰는 법'을 가르쳐준다. 우리는 사투리도 재미있고 이야기도 너무 재미나서 자꾸 물어본다. 시인은 하나도 흘려보내지 않고 모두 대답을 해준다. 시를 쓰느라 잠을 밤과 바꿔서 건강을 많이 잃었다는 시인. 시를 쓸수록 본인은 '백석'이라는 시인의 감성과 닮았다는

석민재 시인과 시詩토크 하는 〈다,시다〉 회원들

시인. 보들보들한 시를 쓰고 싶어하는 시인. 시를 쓸 때마다 초심이 되고 싶고, 지금 보다 더 건강해지고 싶은 시인. 새벽이 올 때까지 이야기를 들어도 질리지 않을 시인의 이야기에 우리는 깊이 빠져든다.

동이 틀 무렵, 시인의 집 주위의 마을은 신비스러운 자태를 드러내려고 한다. 어둠 속이라 잘 보이지 않았던 시계가 세상을 향해 환하게 드러나기 직전의 순간이다. 마음속에 꿈틀대는 시에 대한 욕심을 들키고 싶지 않았다. 눈물겨운 진실이지만 남의 이야기인 듯. 좋아하지만 싫어하는 척. 연애할 때처럼 두근거리는 마음을 들키고 싶지 않아 진심을 장난이라고 말해버리는 그런 감정을 시와 다시 나눠야 한다. 표현할 수 없는 것을 표현하려다 끝없이 실패하는 사랑 같은 시! 우리에게 시란 무엇일까? 시가 우리를 데려가는 곳은 또 어디일까?

누군가 여행을 말하길, 한 번도 열어보지 못한 방의 문을 열고 들어가는 것이라고 한다. 그때마다 우리의 세계는 한 칸씩 넓어진다. 돌아올 때 나는 더이상 떠나기 전의 내가 아니다.

시를 만나러 가는 여행도 그러한 것 같다. 시를 만나기 전의 나와 지금의 나는 분명 다른 사람이다. 물론, 아주 조금 만났을 뿐이다.

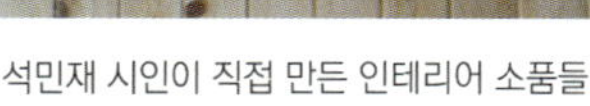

석민재 시인이 직접 만든 인테리어 소품들

〈양보책방〉에 있는 숙소 앞에서

詩담 시담

권지영

차곡차곡 담은 모두의 이야기를 가까이서 들려주는,

무성한 빈 가지에 새순이 돋더니 어느새 봄꽃이 피었다. 차례를 알고 오는 꽃들은 제 순서인 양 자신만만하게 고개를 내밀었다. 이윽고 사방이 선명해졌다. 짙어지는 자연의 색감은 우르르 뛰어가는 어린이들의 모아지는 함성처럼 눈을 끌게 한다. 깊은 숨을 내쉬고 다시 들이마시는 숲속 어딘가에서 낯선 벌레를 만나고 초록을 눈에 실컷 담으며 걷는 기분이다. 어디서든 짙고 푸른 자연은 진한 기억을 순식간 움켜쥐게도 한다.

여름은 봄보다는 긴 듯하고, 기다림보다 조금 더 진하게 견뎌야 한다. 장마, 폭우와 무더위, 열대야 같은 것들로부터 그리고 또 다른 무언가가 더 우리를 지난하게 만들지도 모른다. 우리를 이끌고 가는 것은 결국 우리들 자신이란 것을 자연은 끊임없이 되돌려 주듯 알려준다.

다시 되돌려 받듯 기억을 되살리게 해주는 것들에는 몇 가지가 있다. 시간에 따른 추억은 감정과 함께 고스란히 저장된다. 당시의 상황보다 기분이나 감정이 더욱 앞서기도 한다. 누군가의 말과 표정은 나의 감정으로 흡수되어 그 상황의 모든 것이 되기도 한다. 많은 시간을 함께하는 가족이나 친구와의 관계에서는 사소한 일로 감정이 흐트러지기도 하고 상처를 주거나 받기도 한다. 하지만 서로의 '사이'에 존재해 온 '시간'은 보이지

않는 끈으로 연결되어 어떠한 상황도 무마해버리기도 한다. 흔히 말하는, '정'이나 '사랑', '우정' 같은 말들에는 사이의 시간이 깊숙이, 은밀히 내재되어 있다.

명학이가 전학을 간다고 했다
만나기만 하면 싸웠는데
이사를 간다니까
민재는 여러 가지 생각이 났다

여름방학 때 할머니 집에 가서
바구니로 송사리를 잡을 때처럼

미워하던 마음은 다 빠져나가고
즐거웠던 추억만 남아서 파닥거렸다

깔깔거렸던 일들이
물고기처럼 반짝거렸다

– 한혜영, 「미운 정 고운 정」 전문

함께한 시간이 많을수록 그 사람이 생각나고 찾게 된다. 서로 좋게 지냈던 사이에는 물론 눈물범벅이 되는 이별의 시간을 맞이하겠고 만나기만 하면 싸우던 사이에서도 헤어지는 시간 앞에선 못 본다는 아쉬움이 앞서게 된다. 그동안의 안 좋았던 순간들에 대한 기억보다 앞으로 못 본다는 상황이 마음을 한순간 더욱 지배하게 되어 나쁜 기억보다 그래도 좋았던 면이나 더 못 지낸 아쉬움에 휘감기게 된다. 보편적인 우리 마음에 대한 이야기는 아이나 어른이나 마찬가지로 적용된다. 누군가 미워했던 사람도 안 보이게 된다면 한편으론 허전한 마음이 들 수 있는데 특히 아이들은 싸우면서도 매일 같이 또 키득거리며 논다는 게 신기하기도 하다. 그런 의미에서 아이들은 어른의 모범이 된다. 싸워도, 미워도 즐거울 수 있는 관계의 힘을 지녔다. 그런 마음을 어린이의 마음으로 쓴다면 "미워하던 마음은 다 빠져나가고 즐거웠던 추억만 남아서 파닥거"린다고 표현될 것이다.

한혜영 시인은 시와 소설, 동화와 동시 등의 장르를 자유롭게 넘나드는 작가이다. 어떠한 일이든 그 대상에 맞게 적절하게 잘 생각하여 글로 담아내는 힘이 있다. 마음과 현상이 함께 시선에 잡히고 관찰된다. 잘 들여다보는 이들에게 일어나는 일로써 항상 열린 마음과 긍정적인 시선은 사려 깊은 태도의 시인에게 좋은 글감을 수시로 제공하게 된다. 글을 쓰려는 사람이 부쩍 많아진 요즘, 모두가 숙지해야 할 사항이기도 하다.

빗방울이
어마어마하게 잡힌 그물이었어

바람이 끙끙대면서
끌고 왔는데
하필이면
우리 집 꼭대기에서
짜자자작!
찢어지는 거 있지

우르르 쏟아져 내린
빗방울들이 엉덩이를 잡고
팔딱! 팔딱! 뛰는 거였어

딱딱한 아스팔트에
부딪쳤으니 얼마나
엉덩이가 아팠을 거냐고

－ 한혜영,
「아스팔트는 너무 딱딱해」 전문

바람이 몰고 온 비였을까. 빗방울이 갑자기 세차게 내리치는 모습이 그려진다. 얼마나 갑작스러웠기에 빗방울들이 팔딱팔딱 뛴다고 했을까. 힘이 느껴지는 말에 빗방울이 살아있는 생명체 같다. 우리말은 다채로운 표현을 할 수 있게 해 자세하고도 재미있게 전해주는 효과가 크다. 주룩주룩, 톡톡, 후두둑 후두둑, 토도독, 착, 쏴아 등 특히 비가 오는 모습을 나타내는 말들이 여러 흉내 내는 말로 표현되니 우리말의 재미를 톡톡히 볼 수 있다. 읽으면서 비 오는 모습이 그려지니 말이다. 글을 읽는 이로 하여금 이미지가 떠오르게 하는 글이 좋은 글이듯, 시에서 그려지는 풍경이 그대로 머릿속에 상영되어 시와 내가 하나가 된다.

바람이 건져 올린 그물에 수북하게 담긴 빗방울들, 그 빗방울들이 이내 찢어진 그물 사이를 뚫고 아스팔트 위로 무너지듯 쏟아져 내린다. 비 오는 날 그 풍경을 시로 그린다면 저마다 다른 모습의 장면이 표현된다. 실제 초등학교 교과서에는 아이들이 비오는 모습을 자신의 생각대로 그리는 부분이 있다. 그 모습을 비교해 보니 저마다의 재미있는 발상이 담겨 있었다. 그림에 담긴 설명글에는 비가 빛처럼 순식간에 내린다고 "빛비"라는 아이도 있었고, 밤에 내리는 모습을 그리고선 "밤비", 뚝 뚝 내린다고 "뚝비", 신발이 젖어서 "신비", 비가 팽이처럼 내려서 "팽이비", 꽃을 살아나게 한다고 "꽃비" 등으로 다양했다. 아이들의 언어야말로 그대로 시가 된 셈이다. 자신이 경험한 세상에 대한 인식을 글과 그림으로 표현하는 아이들을 볼 때면 그저 기특하기만 한데 때론 정말 놀랍기도 하다. 다시금 새로운 눈을 선사해주는 보물 같은 존재이자 생명의 우주라 여겨져 감탄과 함께 경건해지기도 한다.

시인의 언어는 우리를 동심의 세계로 안내하고 풍경으로 서정을 전해주기도 한다. 어떤 이야기든 한 편의 시 안에는 하나의 상황으로 펼쳐진다. 어떠한 이야기도 시가 되기에 한 편마다 우리 삶을 고스란히 반영하고 있다. 나쁜 일, 무서운 일, 좋은 일, 아름다운 일 등 다양한 이야기 안에 담기는 소재들은 마치 씨앗인 양 읽는 이와 쓰는 이를 커가도록 하기도 한다. 내 안의 마음과 세상에 있는 내가 아닌 것들에서 건져 올리는 시적 자극은 진솔하고 가벼우면서 찬연하다. 살아 있는 순간들을 담기 때문일 것이다. 가만히 있든, 없는 것처럼 보이든 그 무엇이라도 시인의 마음 그릇에서는 살아있는 생명이 된다.

"나는 아름다운 꿈도 꾸었고 악몽도 꾸었으나 아름다운 꿈 덕분에 악몽을 이겨낼 수 있었다"라는 미국의 조나스 솔크라는 의학자의 말이 있다. '꿈'이란 말을 다른 말로 대입해 보았을 때 여러 말들이 어울린다. "아름다운 사람(일)도 만났고, 나쁜 사람(일)도 만났지만 아름다운 사람(일) 덕분에 나쁜 사람(일)을 이겨낼 수 있었다" 등으로 바꿔 표현해보면 좋은 것, 또는 아름다운 일이 우리를 지탱해나갈 수 있는 힘이라는 것을 알 수 있다.

차 문이 살짝 찌그러진 걸 가지고
민우가 우리 차는
똥차라고 해서 엄청 약 올랐다

그런데 한날은
어떤 새들이
민우네 차에다 단체로 응가를 했다
똥차가 뭔지를 제대로 보여준 거다

얼마나 고소하던지
그날은 만나는 새마다
다 내 편 같았다

－ 한혜영, 「똥차」 전문

지면에 실린 동시들은 한혜영 시인의 네 번째 동시집인 『치과로 간 빨래집게』에 실린 작품들이다. 어린이들의 마음을 읽어주는 시인은 시로써 속상한 마음을 대신 토로하기도 하고 위안을 주기도 한다. 언제나 어린이들의 편이 되어주는 시인이기도 하다. 동시로 마음을 전하고 일상을 표현하며 나누는 시인의 이야기는 가끔은 시가 되기도 하고 동화가 되기도 한다. 어디서나 그 마음은 우리 모두의 편이 되어 다가온다. 마치 늘 가까이에 있는 것처럼.

권지영

2015년 〈리토피아〉로 등단
시집 『붉은 재즈가 퍼지는 시간』 『누군가 두고 간 슬픔』 『아름다워서 슬픈 말들』 청소년시집 『너에게 하고픈 말』 동시집 『재주 많은 내 친구』 『방귀차가 달려간다』 『달보드레한 맛이 입 안 가득』 외 그림책, 동화책, 그림에세이 등

공감시선

서정의 서정

서정의 서정 6

정가 12,500원
전국 서점 및 온라인 서적 코너에 있습니다.

신 현 정 시선집

빨간 우체통 앞에서

그리운 이름, 그리운 시

1부 對立대립
2부 염소와 풀밭
3부 자전거 도둑
4부 바보사막
5부 화창한 날

죽어서도 살아 있는 그는 현재진행형이다. 그의 육체는 이미 흙이 되었겠다. 양평 소나무숲의 솔새 한 마리 되었겠다. 그가 남긴 몇 권의 시집이 내 곁에 가까이 있다. 그가 남긴 불멸의 몸이다. 생전 그는 변방에 홀로 있었고, 죽음과 함께 놀 줄 아는 순정한 시인이었다. 그래서 그는 유명했다. 아는 이들은 안다. 그가 얼마나 고독하게 시와 더불어 살아왔는지를. 생전 제자도 든든한 우군도 없었지만 그의 시가 금강석 같이 오래 빛날 거라는 것을...

_홍 일 표 시인 「나, 그냥 저 똥에 경배하고 싶어진다」 중에서

이 세 룡 시선집

세계의 砲彈포탄이 모두 별★이 된다면

그리운 이름, 그리운 시

1부 빵
2부 작은 평화
3부 채플린의 마을
4부 종이로 만든 세상

우리 젊은 그 시절, 물도 불도 무언지 모르던 그 시절.
활활 타는 가슴으로 이곳저곳 참으로 바쁘게 뛰어다니던 시절.
영화의 한 대목처럼 문득 쓰러져 일어나지 못했던 시인 이세룡
이제 그의 젊음을 다시 읽을 수 있다니. 다시 만날 수 있다니.
그리운 사람이여, 그리운 시절이여

_윤 석 산 시인

서정의 서정 7

정가 13,000원
전국 서점 및 온라인 서적 코너에 있습니다.

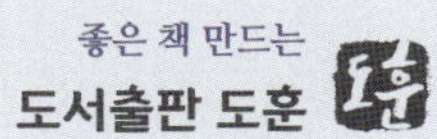

좋은 책 만드는
도서출판 도훈

공감시인선(1~66)

공감디카시(1~7)

공감하는공간(에세이, 소설, 1~21)

〈한솔문학〉(반년간지, 1~9)

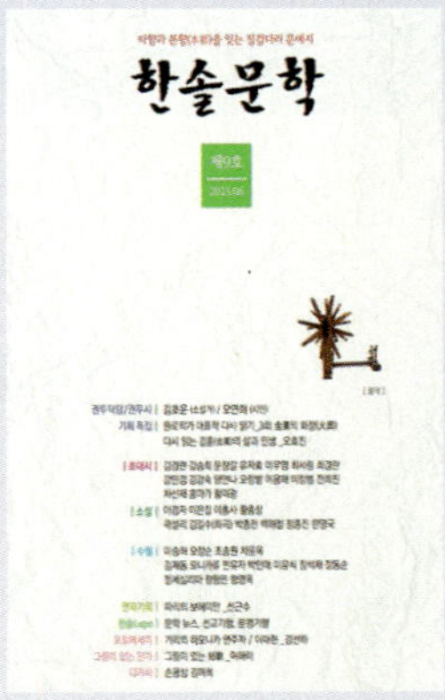

동화, 동시집 및 어린이해양안전동화(1~12)

잊혀진 명작
The Forgotten Masterpiece

연규호 지음

만학도 손현철과 강석호의 실제 이야기
연세대 입학-군 입대 -월남 전-미국
그리고 70세에 연세대로 돌아온
현철의 파란만장한 삶과 늦깎이 졸업 이야기

『잊혀진 명작』이라는 자전적 소설의 출간은 단순한 소설
이 아니라, 인생의 굴곡진 여정과 끈끈한 우정의 결실입니다.
_김용학(교수, 연세대학교 18대 총장)

이 소설은 아폴론적 질서와 디오니소스적 혼돈의 상호 얽
힘을 통해 우리의 삶을 신비롭고 불가해하게 만드는 힘에 대해
탐구합니다.
_유성호(문학평론가)

연규호
연세의대 졸업.
미국 내과 전문의(ABIM), 신경과, 은퇴
미주소설가협회 회장 역임
kyuhoyun@gmail.com

〈문학매거진 SIMA〉 정기구독 안내

정기 구독으로 시마를 후원하시면 잡지 발간에 큰 힘이 됩니다.

〈문학매거진 SIMA〉는
엄선된 시인의 작품과 일반 회원의 공모시, 디카시, 디카에세이, 시 관련 작품 등과
화가, 음악가, 연극인, 소설가, 여행가, 시인의 에세이를 연재하여
읽는 이에게 폭넓고 다양한 경험을 제공해 드립니다.

■ 정기 구독 : 연(年) 5만 원,
■ 시마계좌 : 농협 302-6722-4621-01 (예금주: 이양훈(본명))
　　문의 : 02-595-4621 / 010-6722-4621 / flyhun9@naver.comr

좋은 책을 만들도록 노력하겠습니다.

"잡지가 계속 만들어져야, 문학이 살고, 글 쓰는 사람들이 살고, 그래야 독자도 삽니다."

세상에 보내는 러브레터 문학매거진 SIMA
제19호(2024 여름호) ⓒ 이도훈, 2024
1판1쇄 발행_ 2024년 6월 7일

발행인_ 이도훈 | 편집장_ 유수진 | 편집_ 려원 | 편집·디자인_이예은 | 교정_ 김미애
편집위원_ 이준관 박수빈 김이듬 양진기 이혜미 김영빈

펴낸곳_ 도서출판 도훈(376-2017-000061)
사무실_ 서울시 서초구 법원로3길 19 2층, W109호(서초동, 양지원빌딩)
전　화_ 02-595-4621, 010-6722-4621 | 팩스_ 0504-227-4621
이메일_ flyhun9@naver.com | 홈페이지_ www.dohun.kr

ISSN 2671-7905 | ISBN 979-11-92346-80-9 03810
정가_ 14,000원